A SALVAÇÃO

UMA HISTÓRIA DE VAMPIRO

SKULL EDITORA

Editora
Skull
Editor Chefe
Fernando Luiz
Capa
Alice Prince
Revisão
Rafael Esteves Ramires
Diagramação
Gabriela Resende

Copyright © Skull Editora 2021

Copyright © 2021 Diego Sousa

Todos os direitos desta edição são reservados

Dados Internacionais de Catalogação na Publicação (CIP)

(Câmara Barsileira do Livro, SP, Brasil)

Sousa, Diego
Título: Salvação - Uma história de Vampiro / Diego Sousa - 2021. 1ª edição / 204 p.

ISBN: 978-65-86022-76-6

1. Ficção Brasileira 2. Vampiros. 3 Título

CDD - B869.93

Índices para catálogo sistemático:

1. Ficção brasileira B869

A
SALVACAO

Para você que acredita que sempre existe
uma *salvação*.

Hoje resolvo-me valia onírica da salvação, tive
vontade de abraçar todos que não estão no mesmo
barco, vontade de dizer o quanto eu sinto
saudades. Quantas e quantas vezes eu não nos
salvaram e quantas tentam nos salvar? Eu só
consigo ser eu, quando eu me salvo de mim
mesmo.

— José Tiago

Capítulo 1

Daniel caminhava pelo corredor do hospital. Era quase noite, e isso produzia cada vez que olhava para o chão. O lugar era frio e calmo. As paredes brancas traziam sensação de conforto para os pacientes e visitantes. Ele passou pela sala de visita. Apenas duas senhoras estavam lá. A televisão estava ligada, passando algumas paragens e nenhuma delas prestava atenção. Cada uma ali, sozinha, suportando sua dor. Daniel podia sentir o medo e o desespero que emanava de cada uma delas. Respirou fundo e continuou seguindo pelo corredor. A vida mais parece um jogo de videogame no qual a qualquer momento você pode chegar ao game over. A única diferença é que no videogame, você tem várias chances de recomeçar. Na realidade humana não há chance de recomeçar. Na realidade humana uma. Apenas uma. Tudo bem, algumas exceções no qual as pessoas escolhidas têm uma segunda chance. Uma nova esperança para viver em um mundo desigual.

Parou em frente à porta do quarto 050 e segurou a maçaneta. Deveria entrar, como nas outras vezes, pensou. Apertava o objeto com tanta força que a palma de sua mão ficou avermelhada. Não. Melhor não entrar. Iria observar de fora. Tinha que se afastar o máximo possível. O anseio por

que ele não conseguia. Três noites consecutivas naquele hospital, naquele quarto. Ao lado da cama de uma desconhecida. Que loucura. Como podia sentir tanta empatia por uma desconhecida? O que estava acontecendo com ele? Balançou a cabeça tentando não pensar naquelas perguntas que ele não sabia as respostas. Largou a maçaneta e deu uns passos para esquerda. Olhava agora através do vidro. Lá estava ela, dormindo em um sono profundo. Triste, desamparada e sem esperança. Por sorte, a mãe e os amigos próximos da garota não eram acostumados a aparecer naquele horário. Se fosse rotina deles, estaria perdido. Não saberia o que fazer. Não conseguia ficar uma noite se quer sem comparecer naquele hospital e no quarto 056. Em pensar que tudo aconteceu por acaso. Tinha visitado o hospital em busca de sangue e quando passou por aquele corredor sentiu algo em suas entranhas. Parou e abriu a porta. A menina estava dormindo com uma fisionomia pálida e triste. Tinha chorado. Ele podia sentir que ela tinha descoberto que estava morrendo havia poucos dias. Então ainda estava em estado de colapso. Não tinha aceitado aquilo. Quem aceitaria? Saber que não vai sobreviver muito. Ainda mais naquela fase da juventude. Puxou a cadeira e sentou ao lado dela.

Relutantemente, segurou uma de suas mãos, estava fria, e atraiu para si um pouco daquela dor. Rapidamente pôde perceber a diferença no semblante daquela garota. Pelo visto ela era uma garota cheia de vida e planos para o futuro. Como a vida é traiçoeira. Passou a madrugada ao lado dela. Plantando sonhos de esperança. Uma hora ou outra ela abria um rápido sorriso. Quando percebeu que estava amanhecendo tivera que partir mesmo contra vontade. Havia prometido que voltaria. Mesmo sabendo que ela não o escutara.

Voltando para o presente, ele tinha cumprido sua promessa. Ele tinha voltado. Ele voltava sempre. Todas as noites em que podia. Porém essa semana ele estivera ali três noites seguidas. Não deixava de pensar naquela garota em fase terminal. Passava o dia em casa pensando nela. Como ela era antes daquela tragédia. Como ela seria se não tivesse sido vitima de um caos. Ele queria que ela soubesse que alguém tinha ido visitá-la e deixado aquela lembrança. Mesmo que ela não soubesse de quem fosse. Ela ficaria feliz ao ver. E isso o deixava feliz. Voltou para porta e segurou a maçaneta. Entraria rapidamente e deixaria o girassol que segurava ao lado dela. Não sentaria. Não faria ela ter sonhos alegres. Abriu a porta. Uma rajada de frio bateu em seu rosto. Ele respirou fundo. Entrou sabendo que provavelmente não cumpriria nada do que tinha prometido antes de entrar naquele quarto que agora também era seu aconchego.

Ricardo tinha acabado de sair da boate. Segurava uma garrafa de cerveja. Estava chateado. Então se refugiava no álcool, achando que traria solução. Ele sabia que quando voltasse a ficar sóbrio, todas as suas dúvidas e incertezas voltariam a atormentá- lo. Não entendia o motivo de ter tanto azar na vida. Por que ela ainda o obrigava a ficar naquele lugar chamado terra? Por que não levá-lo de vez para o cosmos? Quem sabe lá ele não teria mais sorte e menos problemas. Estava perto do amanhecer. Faltava pouco para o sol surgir no horizonte. Ainda assim, iria caminhar um pouco antes de voltar para casa. Tomou um gole da cerveja e jogou a garrafa ao longe. Observando-a se partir em vários pedaços. Da mesma forma que ele estava. Partido em pedaços que não poderia juntar. Nunca. Já tinha sido salvo uma vez e ainda assim aquilo tudo lhe atormentava. Independente de ter alguém, se sentia sozinho. E de que adiantava? Nada! Tudo fachada. Tudo um marketing publicitário. Não é assim que as pessoas vivem nos dias de hoje?

De imagem? O que importa mesmo para essas pessoas é mostrar o quanto estão felizes, mesmo não estando. Quanta hipocrisia.

Ricardo chutou uma garrafa pet que estava em seu caminho. Não se recordava de onde tinha estacionado o carro. Iria voltar para casa a pé, e mais tarde ligaria o GPS para descobrir onde tinha deixado.

Estava confuso com seus sentimentos. Não sabia o que sentia. Se arrependimento matasse, não teria permitido ser salvo. Estava bem daquele jeito. Jogado em um mundo de solidão e perdição. Começou a beber e a fumar muito cedo, influência de seu maldito tio. Não gostava de se lembrar dele, lágrimas sempre surgiam em seus olhos. Não gostava de lembrar daquele terrível episódio. De sua fragilidade. Depois da terrível morte de seus pais, ele fora obrigado a viver com seus tios. Sendo obrigado a trabalhar sete dias por semana. Raramente tinha tempo para descanso. Depois que passou a conviver com eles parou de frequentar a escola. Segundo o tio, ele tinha que se sustentar, pois ele e a esposa não dariam nada a ele. Então, logo cedo, se tornou um beberrão. Com péssimas tentativas de conseguir um emprego, devido à falta de estudo, Ricardo acabou apelando para o sexo, usando seu próprio corpo para sobreviver. Mesmo com certa repugnância, ele tinha que ir até o fim. O pagamento só acontecia após o serviço. De certa forma, ele também usava o sexo para extravasar a raiva. A sensação de perda. A perda de algo precioso. Sempre que terminava o sexo, passava horas embaixo do chuveiro na esperança de se limpar. Queria se sentir puro outra vez e não conseguia. Impossível. Ele era sujo. Imundo. Um pecador sem perdão. Estava predestinado a viver no inferno para todo o sempre. Foi então que fora salvo. Maldita hora que tinha se deixado levar por aquele sentimento chamado ilusão. Maldita ilusão que cega as pessoas e as faz acharem que estão perdidamente apaixonadas.

Quando deu por si já estava no portão de casa. Uma enorme casa, diga-se de passagem. Vivia em um bairro de classe alta. As casas tinham um estilo parecido com o vitoriano. Procurando as chaves nos bolsos de sua calça, soltou um palavrão. Em seguida achou. Só assim. Sua visão estava embaçada, e por isso teve dificuldade em abrir aquele cadeado gigante. Depois de diversas tentativas e inúmeros palavrões ele conseguiu abrir. Ao entrar passou pelo jardim com girassóis e seguiu até a porta. Digitou um código e ela se abriu. Mesmo vivendo naquele lugar há muito tempo, ainda não tinha se acostumado com tanta nobreza.

A porta fechou atrás de si. Ele seguiu pela grande sala repleta de quadros artísticos. Não entendia como as pessoas pagavam tão caro por aqueles rascunhos sem noção. O lugar em que ele vivia era acolhedor e aconchegante. Lembrou que causou um terrível alvoroço na primeira vez que chegou ali. Sempre culpa dele. Tudo de ruim que acontecia era culpa dele. Todas as pessoas legais que conviviam com ele sofriam por sua causa. Ele era uma anomalia do universo. Um erro genético. Uma distração de seus pais na hora do sexo. Um esquecimento do preservativo. Uma noite de bebedeira. Ele era tudo isso e muito mais. Queria subir as escadas e ir para o quarto. Não! Iria beber mais um pouco. A sala estava escura devido às cortinas que cobriam as grandes janelas de vidro. Ele gostava daquela escuridão. Sentia-se em casa. Em seu verdadeiro habitat. A escuridão agora era sua verdadeira família. Seguiu para o cômodo seguinte. Onde ficava o barzinho. Parou, pegou um uísque qualquer e um copo. Caminhou até a poltrona mais próxima e se jogou. Seu corpo estava pedindo cama. Mas ele ficaria ali se embriagando ainda mais. Tirou o coturno e as meias, deixando-os ali no chão. Colocou os pés em uma mesinha. Sensação de liberdade. Manter os pés livre daquele aperto. Remexeu os dedos dos pés para que a circulação voltasse ao normal. Encheu o copo com um pouco de uísque e tomou um gole único. Fez uma careta. O líquido tinha descido queimando tudo por dentro. Isso não era nada para o que ele já tinha sentido. Tinha se esquecido do gelo. Levantou zonzo e foi até o frigobar. Abriu e tirou o balde de gelo. Jogou algumas pedras dentro do copo e jogou o balde de qualquer jeito dentro do frigobar. Enquanto voltava para a poltrona, tirou a camisa de gola rolê e jogou em qualquer canto. Ele caminhava de modo robótico. E era possível perceber os poucos músculos que ainda lhe restavam devido à falta de exercícios. Tinha duas enormes asas de anjo tatuadas nas costas. Quando fez aquela loucura estava bêbado e necessitado de um pouco de dor para amenizar sua dor. Ele era louco, pelo menos se considerava. Preencheu o copo com mais uísque e se jogou na poltrona mais uma vez. Tomou mais alguns goles. Lutava contra o sono e o cansaço. Queria se manter acordado e consumir a maior quantidade de álcool que conseguisse. Ouviu o som de algo se rasgando. Parecido com um véu. Tinha chegado. Respirou fundo. Quando estava prestes a tomar mais um gole, uma mão o impediu. Ricardo soltou um *porra* de alto e bom som. Ainda assim, isso não impediu que aquela mão lhe roubasse o copo.

***

Quem pegou o copo da mão de Ricardo tinha uma estatura mediana e era um pouco musculoso. Nada exagerado. Na verdade, ele era um magro musculoso e definido. Passou a mão em seu cabelo preto repicado e respirou fundo. Toda vez que chegava em casa, Ricardo estava embriagado. Talvez fosse culpa dele por não se fazer presente nesses últimos dias, mesmo assim, não era justificável. Agora, segurando o copo de uísque, tomou um gole. Precisava. Ainda mais depois de ter quebrado sua promessa. Estava tenso. Após tomar o gole colocou o copo na mesinha em que Ricardo mantinha os pés cruzados. O rapaz tirou o casaco preto ficando apenas com uma camisa branca de gola rolê justa. O que deixava seus músculos a mostra. Colocou a jaqueta na poltrona em que Ricardo estava jogado. Caminhou pelo local e pegou a camisa de Ricardo que estava jogada no chão. Levou até o nariz e sentiu o forte cheiro de cigarro, álcool e suor. Ele não ficara em casa. Provavelmente havia ido a algum bar. Balançou a cabeça e apertou os lábios. Dessa forma ele não duraria muito tempo. Jogou a camisa com força na direção de Ricardo, que blasfemou alguma coisa e foi até o barzinho pegar um copo. Beberia um pouco na medida do possível. O barzinho tinha todo tipo de bebida. Do uísque puro até o *Pure Pot Still Whiskey*. O preferido do rapaz era o *Blended Whiskies* de 1860 que tinha combinação de whiskies de grão e whiskies de malte, de diversos tipos e idades, de diversas regiões do país.

Tinha aprendido com o pai a escolher um bom uísque. Aquela coleção pertencia ao seu pai. Ele tinha passagem liberada para beber quando quisesse, pois o pai dele conseguiria uma nova safra com facilidade. Depois de preencher seu copo com o uísque, ele voltou para o frigobar e pegou algumas pedras de gelo. Após fechar o utensílio, pensou em comer alguma besteira. Não queria incomodar ninguém da cozinha àquela hora da manhã, então pegaria alguns frios que haviam no frigobar. Voltou em direção a Ricardo, que fitava o horizonte e bebia agora controladamente seu uísque. O rapaz colocou o copo e os frios na mesinha e empurrou os pés de Ricardo. Ocupou um lugar, pegou o copo, deu um longo gole e então fitou o garoto que estava em sua frente.

— Onde você esteve?

Silêncio.

Sem desviar os olhos de onde focalizava o olhar, Ricardo respondeu:

— Oh, Daniel! Como se você não soubesse.

Então ele estava certo. Ele tinha ido a um bar se embriagar. Com que finalidade? Qual a necessidade de viver embriagado dessa forma? Daniel não conseguia entender, e Ricardo também não explicava.

— Você não tinha prometido? — Perguntou Daniel suavemente. Estava agindo com cautela, pois de uns dias pra cá, Ricardo estava um tanto estressado.

Ricardo olhou para aqueles olhos extremamente azuis de Daniel, que às vezes diziam tudo, e outras vezes não diziam nada. Agora aquele olhar dizia que ele estava preocupado. Estaria mesmo? Se realmente estivesse não teria desaparecido sem explicação três noites seguidas.

—Pois é. Todo mundo quebra alguma promessa.

Aquilo era a mais pura verdade. Ele tinha prometido que não demoraria no quarto da garota. Que deixaria apenas o girassol lá e voltaria para casa. Não foi o que aconteceu. Ele sentou ao lado da garota e lhe deu bons sonhos. Alisou seu rosto, fazendo carinho, e tirou um pouco de sua dor.

— Tudo bem. Só estou preocupado com você.

Ricardo abriu um rápido sorriso, não um sorriso de alegria e satisfação, por ouvir aquelas palavras.

— É mesmo, Daniel? Que bom saber disso...

Ricardo tomou um longo gole do uísque.

— Não gosto da forma que você está agindo nesses últimos dias.

—Ótimo! Você chegou exatamente onde eu deveria ter chegado. — Daniel sentiu um bolo na garganta. — Onde você estava nesses últimos dias?

Daniel apertou o copo com tanta força que por um segundo achou que ele se espatifaria e rasgaria suas mãos. Não podia contar a Ricardo que estava visitando uma desconhecida.

— É... — Ele respirou fundo. Queria contar, mas no momento certo.

— Já entendi. É segredo. — Ricardo disse amargamente.

Pegou a garrafa de uísque e virou de vez. Queria sentir aquela queimação dentro de si. Precisava disso para suportar as amarguras da vida.

— Acho que você está precisando de um banho. Porque você não vai descansar um pouco? Está com uma aparência ruim. — Ricardo disse para Daniel.

Ricardo sabia que Daniel estava mentindo. Que tudo aquilo que ele acabara de dizer era para si mesmo. Era ele quem precisava de uma chuveirada e descansar por pelo menos uma semana.

Daniel terminou seu uísque e não tocou nos frios que tinha pegado. Tinha entendido a deixa de Ricardo: Ele queria ficar sozinho. E era compreensível aquilo. Daniel não queria sair daquele recinto. Queria ficar com Ricardo. De alguma forma, sabia que Ricardo precisava de um ombro para desabafar, mas lá no fundo, Daniel sabia que ele não queria. Então ele iria para seu quarto descansar um pouco. Levantou, pegou a jaqueta e colocou no ombro. Saiu daquele lugar sem ao menos olhar para trás. Passou pela sala clássica. Adorava aquele lugar. Cheio de pinturas artísticas, objetos históricos e obras de arte. A que mais chamava sua atenção era o quadro A Primeira Missa no Brasil, uma das principais obras de Victor Meireles que fora inspirado na carta de Pero Vaz de Caminha, retratando o mesmo momento histórico. Sua mãe adorava colecionar fatos históricos e fazer decoração. Uniu então o útil ao agradável, e fez uma coisa só. Queria se jogar naquele sofá maciço e dormir até o anoitecer. Estava ansioso para ver a garota do hospital mais uma vez.

Subiu as escadas segurando o corrimão. O que ele estava fazendo de errado? Nada! Então porque não contar logo a verdade para Ricardo? O problema não era o contar a verdade, e sim a forma como ele reagiria. Depois de tudo que ele tinha passado. Todo sofrimento que ainda carregava nas costas, não queria causar mais um fardo. Abriu a porta do quarto e se jogou na sua cama de casal. Seu quarto era tão grande que parecia uma suíte. Às vezes trazia uma enorme sensação de solidão por estar em um local tão grande e vazio. Quando se diz vazio, refere-se a pessoas, pois o local era repleto de objetos. A começar pelas suas coleções de livros. Uma prateleira repleta de clássicos da literatura brasileira. Na prateleira seguinte, diversos boxes de séries televisivas e por fim uma com diversos filmes clássicos americanos. Daniel era o típico vampiro culto, letrado. Gostava de um bom filme clássico de terror/suspense. Não aqueles filmes de terror que mostravam os vampiros de forma caricatas e superficiais e como seres do mal. Tudo bem que existia a raça maléfica dos vampiros. Toda raça tem o seu núcleo maléfico. Os humanos, os animais, os vampiros, e assim por diante. Nesse momento, uma gigante televisão de plasma passava um filme, que ele tinha deixado rodando enquanto tinha ido ao hospital.

Provavelmente o filme já tinha se repetido inúmeras vezes.

Daniel estava com preguiça de tomar uma chuveirada. Tirou a camisa e a calça jeans preta e jogou o mais longe possível. Achou um milagre Ricardo não ter sentido o cheiro de hospital em sua roupa. Entrelaçou os dedos das mãos e colocou atrás da cabeça. Pensou na garota. E tudo que estava sentindo naquele momento. O problema em ser vampiro era que seus sentimentos se afloravam com tanta rapidez. Não era a primeira vez que tinha sido vítima dessa explosão de sentimentos. Lembrou-se da primeira garota que tinha se relacionado como vampiro.

Daniel estava feliz por estar ao lado de Milena. Ele encontrou aquela garota linda e encantadora em uma de suas viagens pelo Brasil. Ela era esbelta, negra e com os cabelos cacheados. Seus olhos sempre repletos de felicidade. Ela fazia parte de uma família tradicional vampírica. Não a primeira, pois era ele quem fazia parte da primeira família original de vampiros. Porém ele não era o primeiro vampiro. O primeiro vampiro tinha sido Caim.

Eles estavam namorando. Os pais dela sempre corteses aceitaram a relação. Gostavam dele. Achavam ele um garoto de personalidade e bastante compassivo. Em uma noite estrelada, após sair de uma festa de formatura de uma das amigas humana de Milena, eles resolveram passear um pouco antes do sol nascer. Caminharam pela praça que estava sem muita gente. Nem mesmo aquelas que estavam saindo da festa. Ele gostava da companhia dela. Gostava de seu sorriso e do modo como ela mexia no cabelo. Ele sempre passava horas observando os trejeitos dela. Tão encantadora...

Eles entraram na floresta e seguiram com os braços entrelaçados. Daniel tinha preparado uma surpresa para Milena. E ela estava transbordando de curiosidade. Eles tinham uma conexão tão forte. Se entendiam através de olhares. Se comunicavam telepaticamente.

Ele cobriu os olhos de Milena com as mãos e seguiram rindo até a surpresa. Algumas vezes ela tropeçava, e ele a segurava firme. Daniel tirou as mãos, porém antes pediu para que ela permanecesse com os olhos fechados. Ele contou até três e ela abriu os olhos. Daniel tinha construído uma casa na árvore para os dois poderem passar mais tempo juntos e sozinhos. E foi exatamente isso que aconteceu durante um longo período. Passavam a maior parte de noite conversando e se beijando.

Aquela lembrança, ao mesmo tempo que doía, era reconfortante. Usava aquelas lembranças como alicerce. Daniel não queria mais pensar naquilo. Não por agora. Virou para o lado e dormiu.

Capitulo 2

A morte é algo que não pode ser evitado por ninguém. Caminhamos em sua direção todos os dias desde o nascimento. Apesar de pouco pensarmos nela, não há quem não almeje um fim de vida tranquila, sem sofrimento, assim como o da flor que murcha depois de esgotado seu tempo de plenitude. É uma lástima, porém, que nem sempre seja assim. O fim da vida de algumas pessoas pode ser marcado por dores e muito padecimento. Quando nada mais se pode fazer, resta à boa ciência, à medicina, com toda a sua modernidade, lutar com recursos para tornar mais suave a progressão dos sintomas e o processo de morte.

Isabelle abriu os olhos. Não queria ter acordado. Não depois do sonho maravilhoso que tivera. Sonhou que estava em um campo repleto de flores com cores vivas. O ar era tão límpido e puro que ela se sentia renovada. Não pensava em momento algum naquela maldita doença. Uma doença que nunca tem cura. Ela estava em um balanço sendo empurrada por alguém, um garoto de pele branca que vestia preto. Ele parecia tão feliz e jovial. Ela gargalhava quando alcançava grande altura. Um frio na barriga. Uma sensação de que talvez não conseguisse voltar para terra firme. Fazia pouco que adoecera. Aquele medo de que se estava doente com a cara no...

chão. Uma, duas, três, quatro vezes. E depois, como a mudança de um cenário fílmico, os dois estavam juntos, um ao lado do outro. Sentados na grama tão verde que mais parecia coisa de cinema. Eles estavam observando o horizonte. O sol se pondo. Uma visão divina. Tão magnífico presenciar algo fora do alcance humano. Algo tão grande e repleto de luz. Uma luz que aquecia a terra todos os dias. Ele estava dando seu adeus naquele dia. E para deixar claro de que voltaria no dia seguinte, ele dava a deixa para sua companheira. A lua. Coitados... Amaldiçoados. Não podendo viver um grande amor por causa de suas restrições. Um só pode viver durante o dia, o outro, durante a noite. Aquele sonho era tão real. O garoto tirou um girassol da jaqueta e lhe entregou. Ela sorriu surpresa. Nunca tinha recebido algo assim de qualquer garoto. Não de forma afetuosa. Sempre com segundas intenções. Ela deu um beijo na bochecha dele. Ele colocou o braço no ombro dela e ela colocou a cabeça no ombro dele. E ficaram assim por um bom tempo. Até que o sol tinha desaparecido. E então acordou.

Sua mãe estava sentada na cadeira ao lado de sua cama. Seu rosto estava mais envelhecido. Seus olhos inchados de tanto chorar e os pés de galinha surgindo lentamente. Aquilo partia o coração de Isabelle. Ver sua mãe sofrendo daquela forma. Se houvesse um jeito de se salvar para não ver sua mãe daquele jeito. Nenhum filho gostava de presenciar sua mãe sofrendo. Seja lá qual fosse o motivo.

— Mãe... — Isabelle segurava as lágrimas. Não queria chorar na frente dela. Já tinha a feito sofrer o suficiente.

— Oi, Belle. — Ela abriu um sorriso triste e forçado.

Ela segurou a mão da mãe. Tentava apertar, porém não tinha força o suficiente.

— Por favor... Não fica assim... — Com os olhos marejados, respirou fundo e desviou o olhar da mãe para uma mesinha que tinha naquele maldito quarto.

Isabelle gelou e seu coração parou de bater por um milésimo de segundo. Um girassol estava lá na mesa. O mesmo girassol que tinha recebido do rapaz de preto. Não era possível. Aquilo tudo tinha sido um sonho. Invenção de seu subconsciente. Os sonhos noturnos são gerados na busca da realização de um desejo reprimido. Isabelle sabia disso. O problema era que nos últimos dias ela não sabia se estava sonhando durante o dia ou à noite. Tinha dormido além da conta. Efeito causado pelas doses dos remédios. Olhando firmemente para o girassol, o sonho dela passou como um flashback. Abriu um rápido sorriso. Queria tanto que tudo se tornasse realidade. Uma pena que não teria tempo suficiente para conhecer alguém como o garoto de preto.

Pediu à mãe que pegasse aquela flor. Assim que tocou nela, inexplicavelmente pôde sentir o calor do sol da mesma forma que sentiu quando os raios solares tocaram sua pele. Naquele momento ela soube que o girassol tinha uma simbologia em sua vida. Quem quer que tenha deixado aquela flor ali, estava desejando sorte e felicidade. Se houvesse alguma forma de descobrir quem era a pessoa. Queria pelo menos poder agradecer pela gentileza. Isabelle levou a flor até o nariz. Ah... Se tivesse a oportunidade de ser algo por um dia, ela escolheria ser como o girassol que sempre estava voltado para sol, e focando as melhores coisas, as mais bonitas e mais iluminadas. O problema do ser humano é que eles só focalizam o que querem ver e deixam de perceber o restante. Agora na beira da morte, Isabelle começava a entender o verdadeiro sentido da vida. Será que todos tem que chegar nessa situação para começar a apreciar as coisas boas, e não só o que lhe convém?

— Mãe? Posso te pedir uma coisa?

A mãe de Isabelle tirou os olhos do livro e fitou os olhos da filha. Ela sempre carregava um livro consigo. Para ela os livros tinham o poder de tirar qualquer um da realidade sofrida, para um universo alternativo no qual é gostoso de viver.

— Pode pedir, Belle — Ela fechou o livro e segurou as mãos da filha.

—Eu quero sair um pouco desse quarto. Sinto-me uma prisioneira.

O quarto era pequeno e completamente branco com um vidro pequeno que só conseguia ver através dele quem estava do lado de fora. O quarto só tinha a maca, a cadeira para o visitante, a mesinha e a televisão. E claro, o banheiro, para o caso de necessidade. Fora isso era um tédio total. Qualquer um morreria para sair daquele pequeno quadrado. Sua mãe a analisou por um instante. Isabelle torcia para que a mãe permitisse. O que seria pouco provável. Ela fez cara de cachorro pidão na esperança de convencer sua mãe. Fora em vão. Ela disse que conversaria com o médico, e até conseguir uma resposta, ela teria que ficar ali, naquele quarto por enquanto. Isabelle torcia para que 'por enquanto' não fosse um longo tempo.

— Quer algum livro ou DVD? — Perguntou a mãe com um sorrisinho de canto de lábios. Ela era uma mulher bonita. Cabelos castanhos preso em um rabo de cavalo. Seus olhos cheios de esperança e os traços de mulher determinada.

— Sim. *Carrie, A Estranha.* — Isabelle sorriu — Pode ligar a televisão?

Ricardo acordou com uma baita dor de cabeça. Não deveria ter bebido daquela forma. Tinha secado a garrafa de uísque. O pai de Daniel iria bradar. Santo Deus... Torcia para que ele não desse falta. Movimentou-se na poltrona e sua coluna estalou. Maldição! Deveria ter ido para o quarto. Que seja. Respirou fundo. Estava precisando de um banho urgentemente. Os odores de álcool, suor e nicotina estavam impregnados em seu corpo. O que o lembrava dos velhos tempos. Era assim que ele vivia. Sempre com o odor de álcool e nicotina. Tentou processar o que tinha acontecido na noite anterior. A boate, a discussão com Daniel e a bebedeira. Espera aí. Estava esquecendo-se de alguma coisa.

É claro! Tinha esquecido onde o carro estava estacionado.

Tateou os bolsos da calça e tirou seu celular. Estava com tanta preguiça de ir até o quarto ligar o GPS do carro. Tentaria fazer aquilo pelo aparelho celular. Digitou algumas coisas até que conseguiu localizar o carro. Viva a tecnologia. O carro estava em uma rua depois da boate. A noite iria lá pegá-lo. Espreguiçou-se e levantou dolorosamente. O corpo todo clamava por uma massagem. A cabeça rodava. A visão um pouco embaçada. Saiu daquele cômodo se escorando na parede. Parecia um doente.

Parou em frente à escada. Não desejava subir ali de forma alguma. Poderia se desmaterializar, não podia? Claro que não, seu imbecil. Você está fraco e precisa de sangue. De quem se alimentaria? Depois de pegar o carro iria procurar algum voluntário, ou voluntária. O sexo não importava. O sangue sim. Aquele líquido quente e vital que ajudava o metabolismo dos vampiros. Assim como os humanos não vivem sem ar. Os vampiros não vivem sem sangue. Fazendo uma analogia, ambos eram bastante parecidos em diversos aspectos.

Se os humanos aceitassem a raça vampírica, quem sabe as duas poderiam viver em plena harmonia.

Ricardo começou a subir as escadas. Degrau por degrau com tamanha dificuldade. Graças aos Salvadores que tinha o corrimão, caso contrário já teria rolado escada a baixo. Depois de um enorme esforço conseguiu chegar ao topo, e sorriu com sua vitória. Seguiu pelo corredor. Parou na porta do quarto de Daniel. Pensou em entrar. O que falaria? "Oi, desculpa pela noite de ontem?". Ele é quem deveria se desculpar. Tinha sumido três noites seguidas. E aquele cheiro em suas roupas... Não conseguia se lembrar de onde era. Se não tivesse se embriagado, talvez tivesse descoberto alguma coisa. Maldito beberrão. Aproximou-se da porta e colocou a mão na maçaneta. Contou até três. Quando estava pronto para abrir a porta ela se abriu. Assustado, cambaleou para trás.

***

Daniel levantou da cama e resolveu que iria verificar se Ricardo estava bem. Poderia tomar primeiro um banho, porém estava demasiado preocupado. Seguiu até porta e abriu. Assustou-se com Ricardo cambaleando para trás. Rapidamente correu e o segurou. O levou para dentro do quarto e o colocou sentado na cama. Foi até o pequeno frigobar e pegou um pouco de água. Colocou no copo e levou para Ricardo que pegou um pouco trêmulo e bebeu. Daniel o analisava. Estava pálido e fraco. Precisava se alimentar. E faria isso agora mesmo.

— Você precisa se alimentar. — Daniel disse sentando ao seu lado. O odor dele o estava sufocando. — Alias, depois que você tomar um banho.

Daniel levantou foi até o guarda-roupa e pegou uma

uma toalha. Voltou para perto de Ricardo e entregou.

— Tome. Vá tomar uma chuveirada, depois te alimentarei.

Ricardo olhou para Daniel como quem dissesse: *Por que você está fazendo isso?* Porém não disse nada. Colocou a toalha no ombro e levantou com dificuldade. Deu uns passos lentos até o banheiro. Quando chegou à porta olhou para trás. Daniel o analisava.

— Se precisar de ajuda para tomar banho... — Daniel sorriu, Ricardo revirou os olhos e entrou no banheiro.

Quando ouviu o barulho da água caindo, Daniel se jogou na cama. Queria tanto contar tudo que estava acontecendo a Ricardo. Estava sendo cruel e espúrio. Será que Ricardo sentia o mesmo que ele? Será que ele também já esteve dividido entre duas pessoas de sexos diferentes? Daniel bufou e passou a mão no rosto. Droga, droga, droga. Tinha prometido a si mesmo que nunca mais se envolveria com ninguém. Então Ricardo chegou naquela noite e pronto. Viu-se completamente apaixonado por uma pessoa semelhante a ele. Então pensou em Milena. Se aquela tragédia não tivesse acontecido, eles estariam juntos até hoje? Talvez. Daniel cobriu os olhos com as mãos e lembrou...

Sentados na casa da árvore, Daniel e Milena se beijavam ardentemente. Um calor irreal. Uma excitação que consumia a ambos. Ela passava as mãos por todo o corpo de Daniel, que explorava sua boca com a língua. Sua respiração completamente acelerada. Até parecia que tinha corrido uma maratona. Estava parado, sendo consumido por Milena. Com as mãos na nuca dela, Daniel a puxava com força. Ela gemia enquanto ele mordiscava os lábios dela. Estava excitado. Podia sentir seu grande membro pulsando dentro da calça. Ele se esfregava em Milena para que ela pudesse sentir a pressão. E ela gostava. Estava ficando molhada e fora de controle. Não sabia se iria resistir até o casamento. Eles estavam indo longe demais.

Maldita tradição de ter que esperar até o casamento para depois transarem. Eles eram vampiros. Tinham necessidades sexuais além do normal. Se os humanos já ficavam "p" da vida com a falta de sexo, os vampiros então... Perdiam o controle. É quase semelhante à falta de sangue no organismo. O sangue é o ar. O Sexo alimento. Milena colocou a mão na barriga de Daniel. Era possível contar os gominhos. Ela não estava preocupada com isso. Ela queria sentir outra coisa em suas mãos. Queria sentir a excitação dele. Apertar. Sentir o calor. Alisar. Suavemente ela desceu sua mão. Ele correspondia lambendo seu queixo subindo pela lateral até chegar à orelha. Gostava de brincar com a orelha dela. Mordiscando e dando leve sugadas. Milena pressionou Daniel na parede de tábua da casa e enfiou a mão dentro da calça dele. Ele gemeu tão alto, que se estivesse em um quarto de hotel, os hospedes dos quartos mais próximos ouviriam. O odor do sexo estava pairando no ar. Os dois queriam. Porém tinham que manter a tradição. Se eles fizessem sexo naquele instante, os pais de ambos descobriram com os sentidos aguçados. A coisa estava tão fora de controle. Daniel estava gostando de sentir aquela mão quente em seu membro rígido. Ela tinha uma delicadeza. Explorava cada parte do sexo dele. Passando o dedo na cabeça e percorrendo pelas laterais. Apertando como se ele fosse fugir. Milena jogou a cabeça para trás e prontamente, Daniel a mordeu. Sugava seu sangue enquanto ela deslizava a mão em seu sexo que estava prestes a explodir. Ele não sabia se iria aguentar. Ela massageava o membro de tal forma. O sangue dela percorrendo pelos lábios. Levantando a cabeça dele, ela passou a língua em seu queixo limpando os resíduos de seu próprio sangue. Daniel delirava, suspirava, gemia... Seus gemidos foram intercalados pelos beijos de Milena. Ufa! E que beijos! Cheios de desejo, paixão, um sentimento que ele não conseguia explicar. Um olhava para o outro e se comunicavam por telepatia. Daniel a abraçou e beijava o pescoço, o rosto, o queixo, os lábios de mel enquanto as suas mãos percorriam o corpo dela, apertando e acariciando ainda por cima da roupa seus seios. Aqueles seios durinhos e redondinhos. Ele só queria colocá- los na boca. Milena se aproximou ainda mais de Daniel. Ele levantou o vestido dela deixando as pernas à mostra. Aquelas pernas moldadas pelo deus da perfeição. Seu membro ficou ainda mais duro ao encostar-se àquela pele perfeita. Ela ainda estava agarrada a ele. Agora fazendo movimentos de vai e vem. Daniel gemia cada vez mais alto. Estava sentindo que chegaria ao momento de ápice. Aquele milésimo de segundo em que nada e nem ninguém importava. Uma sensação inexplicável. E então aconteceu...

Daniel voltou para realidade ao ouvir a porta do banheiro se abrindo. Estava perdido em suas lembranças. Percebeu que estava apenas de cueca e muito excitado. Sentou rapidamente quando viu Ricardo em sua frente enxugando seus poucos cabelos. Ele estava com uma toalha na cintura e a outra esfregando a cabeça. Ele tinha um corpo sensual. Seus poucos músculos estavam à mostra. Seu bíceps chamava atenção. Seus olhos negros realçados. Parecia que ele usava lápis de olho. Só parecia. Ele jogou a toalha na cama. Sua fisionomia tinha melhorado um pouco. Agora tinha um cheiro bom. Só faltava um pouco de sangue para ficar cem por cento. Daniel ainda estava encolhido tentando esconder sua excitação.

—Relaxe, não tem nada que eu não tinha visto. — Ele deu um sorriso quase que imperceptível.

Daniel estava ruborizado. Pegou a toalha que ele tinha jogado na cama e colocou no colo. Estava tenso. Não poderia alimentar Ricardo daquela forma. Seria uma tentação. E do jeito que as lembranças tinham sido tão reais, tinha medo do que poderia acontecer.

— Preciso ir ao meu quarto vestir uma roupa.

— Certo! Vou tomar um banho e logo depois vou lhe alimentar.

— Ok.! Até daqui a pouco.

Ricardo se retirou do quarto sem olhar para trás. Daniel respirou fundo e correu para o banheiro. Precisava tomar um banho estupidamente gelado.

Capítulo 3

A porta do laboratório foi aberta. Um homem alto, negro e musculoso descia as escadas. Era possível ouvir o bater de seus pés ao encontrar o chão. Ele tinha passos firmes e fortes. Tinha o andar seguro de si. Chefe na razão. Ele podia. Tinha motivos para andar daquele jeito, dono de tudo, chefe daquele lugar. Claro, antes dele tinha o Chefão, aquele que tinha entregado nas mãos dele aquele lugar juntamente com o projeto. O Chefão só queria que tudo desse certo e nada fosse descoberto. Não queria a mídia e a polícia envolvida. Fugir dos holofotes era seu propósito. Aquilo se era certo era ilegal. Um contrabando.

O homem virou à direita e seguiu pelo corredor pouco iluminado. O corredor tinha várias portas e atrás daquelas portas aconteciam coisas. Mas aquelas coisas não tinha importância naquele momento. Ele olhou para o relógio. Logo logo chegaria o anoitecer e os funcionários seriam dispensados, não todos. Alguns faziam hora extra. Viravam a noite em pesquisas e mais pesquisas. Ele vestia uma calça jeans escura um pouco justa, uma camisa também escura e a bota comum. Não era a roupa apropriada para aquele lugar. Porém, como ele tinha de direito de um serviço extra, não tivera tempo para trocar de roupa.

Entrou em uma sala simples e pegou um jaleco que estava a sua espera. Vestiu. Ficava bastante apresentável com aquela vestimenta. Carregava um ar de respeito e poder. Todos o temiam. Continuou seguindo pelo corredor. Tirou o aparelho celular do bolso e desligou. Não queria ser incomodado. Quando entrava naquele serviço, morria para o mundo. O apocalipse poderia acontecer que ele pouco se importava.

Parou em frente a uma porta e antes de entrar deu uma olhada através do vidro da janela. Estava tudo calmo. Graças a Deus. Nada fora do comum. Estava preocupado depois do que acontecera na semana passada. Um erro no sistema imunológico daqueles humanos. O sistema imune não conseguiu combater os invasores de forma eficaz, e o corpo daqueles humanos reagiu alguns com doenças, infecções e outros com alergias. Um agente invasor, ao entrar no organismo, gera um mecanismo de defesa, a resposta imune. As substâncias invasoras são detectadas pelos macrófagos, que irão atuar em sua digestão parcial e na comunicação aos demais componentes do sistema imunológico da invasão sofrida, para que essas substâncias sejam totalmente destruídas e eliminadas. E não foi nada disso que aconteceu. Os humanos reagiram de forma negativa e alguns não sobreviveram. Aqueles que tiveram alergia, ou infecções tiveram sorte. Os hábeis cientistas conseguiram criar um antibiótico. E hoje, o homem estava ali para fazer mais um teste. Tinha que dar certo. Poucos humanos estavam se alistando para aquele projeto. Um projeto no qual foram gastos milhões e milhões com a ajuda do Governo Brasileiro. Como o Chefão tinha conseguido esse feito, ninguém sabia. E muito menos ousariam a perguntar. O Chefão era o tipo de homem que matava sem pensar duas vezes e sem receio. Não fazia o que ele queria, ou resolvesse de forma indesejada, a pessoa era descartada. Tal qual um guardanapo, após ser usado para limpar alguma coisa.

Ele abriu a porta e desceu as escadas segurando no corrimão. Os cientistas que estavam trabalhando em seus computadores, máquinas e microscópios olharam rapidamente para ele e voltaram a focar em suas atividades. O lugar era muito comprido. Tinha inúmeras macas enfileiradas. Do lado direito e também do esquerdo. Todos ocupados por pessoas de todos os tipos e gêneros. Ele caminhou por entre as macas. Os voluntários estavam todos em transe após o sedativo que tinham recebidos e o sangue de cada um era retirado através de um micro tubo.

Aquele micro tubo levava o sangue diretamente para Ala de Pesquisa. Tudo altamente modernizado. Aqueles voluntários eram pessoas sem esperança e futuro de vida. Aquelas que não sabiam qual a sua finalidade na terra. Aqueles que achavam que estavam ali sem um motivo. Outras delas já tinham tentado se matar. Pessoas desiludidas no amor. Sem sucessos financeiros e todos os outros tipos de decepção.

Graças ao Chefão eles agora teriam uma nova chance. Uma nova vida. Claro, se aquilo tudo desse certo. *Vai dar certo*. O homem se repreendeu. Tinha que fazer tudo dar certo, caso contrário, não viveria. Respirou fundo. Hora de ir pra o trabalho.

Seguiu na direção dos cientistas e sentou em sua mesa. Colocou os óculos, e voltou a estudar através do microscópio. Enquanto analisava aquelas células, ele tentava processar a loucura do Chefão. Todo mundo sabe que a complexidade do corpo humano ainda era um mistério para qualquer cientista. Seu Chefão tivera a ideia de misturar espécies de organismos e criar uma raça vampírica. Que loucura, o homem tinha pensado ao ter entrevista com o Chefão. Criar uma raça de uma espécie em extinção. Na verdade, isso era o que o homem achava. Os vampiros estavam ali pelo Brasil e o mundo vivendo entre as pessoas (só durante a noite).

Ainda não tinham criado uma forma de fazerem os vampiros circularem durante o dia. Ainda... Essa era a proposta do Chefão. Além dos vampiros serem criados em um laboratório, ele queria que todos eles pudessem caminhar durante o dia sem qualquer consequência. Pegou o genoma de um vampiro que o Chefão tinha conseguindo.

Quando descobriu a existência de vampiros, o homem ficou estarrecido com aquilo. Mas superou. Tinha que superar. A sua conta bancária estava recheada e todo mês sua quantia estava lá. Então não havia motivos para choques ou questionamentos.

Pesquisava toda a informação hereditária daquele organismo vampíricos que estava codificado em seu DNA. Aquela sequência de DNA completa de um conjunto de cromossomos. Estava deixando passar algo. Por isso o sistema imunológico daqueles humanos estava reagindo de forma negativa. E se ele misturasse o sangue do vampiro com o sangue humano? Estava esperando a resposta do Laboratório Sanguíneo.

Tirou os óculos e passou as costas da mão na testa. Estava suando mesmo com aquele ar condicionado ligado. Estava apreensivo e nervoso. Tinha prazos. E para correr contra o tempo ele faria algo que tinha vontade. Mesmo que o humano sofresse as consequências.

Uma doença terminal muda tudo na vida de uma pessoa. Na maioria dos casos, cuidar de alguém que sofre de uma doença terminal torna-se mais assustador do que o diagnóstico inicial. E a mãe de Isabelle sabia. Estava tão desgastada e cansada. Não existia uma cura, mas também não havia certezas relativas aos meses ou até anos que podiam separar o diagnóstico da morte.

Como lidar com um doente terminal? Pensou a mãe de Isabelle enquanto entrava naquele quarto segurando a bandeja com alimentos. Era muito simples – essas pessoas necessitam dos mesmos cuidados físicos, emocionais e espirituais que todos nós. E a verdade é que estamos todos a morrer, mas, até ao último suspiro, estamos todos vivos, e por isso, temos que aproveitar cada dia ao máximo.

A mãe de Isabelle fechou a porta e caminhou até a mesinha. A filha estava dormindo. Colocou a bandeja na mesinha e sentou ao lado da filha. Ela estava perdendo o apetite a cada dia. Comia tão pouco. O médico já havia dito para servirem as refeições apenas quando ela tivesse fome, mesmo que não fosse dentro do horário "normal". Tinha recomendado também o aumento de ingestão diária de calorias e proteínas; como torradas, sopas, vegetais, massas, arroz ou ovos cozidos, porém tudo com um pouco de manteiga derretida. Nada muito exagerado. Ela tinha conversado com as mulheres do refeitório e pediu para que variassem as refeições e servissem de forma apelativa; utilizando temperos como sumo de limão, menta, manjericão ou qualquer outra especiaria. Queria que o cheiro estimulasse o apetite da filha.

Oh Deus! Por que minha filha? Ela sempre questionava ao Ser sobrenatural em suas orações. O que ela tinha feito de errado para merecer aquilo. Sua filha não tinha nada a ver com seus pecados. Passava noites e noites orando, rezando, clamando... Não tinha sido uma mulher de fé na juventude. E agora... Estava mais que nunca clamando a um ser que talvez não existisse. Sempre duvidou das forças divinas. Questionando se Deus era realmente um ser verídico, ou algum tipo de composição literária criada por algum homem dos tempos antigos.

Que ironia essa vida, pensou. Uma pessoa que de certa forma negava a existência de um ou vários deuses, agora rezando para que qualquer deus respondesse seu clamor e compreendesse sua dor.

Ela sorriu tristemente ao fazer aquela analogia. Não, ela não se considerava ateísta. Até porque, uma das maiores provas da existência de Deus são os comentários dos próprios ateus. Ao buscar lógicas contestáveis à existência do que não existe, o ateu acaba por colocar em dúvida seu próprio ceticismo. Igualmente, quem crê em Deus o faz pela fé, e fé é certeza, independente da lógica, do ver, do ouvir ou do sentir. Ela só não gostava de se comprometer em uma posição rígida sobre o assunto. Para ela, não existiam argumentos contundentes para que a inexistência de Deus fosse terminantemente comprovada. Isso era antes. Antes do fator de sua filha estar morrendo.

Isabelle se remexeu na maca e abriu os olhos. Sua mãe abriu um belo sorriso. Estava feliz pela filha ter deixado de dormir mais de 12 horas seguidas. Ela estava ali como apoio. Ajudar a filha a aceitar a doença que tinha e não fingir que estava tudo bem. Aceitar os fatos. O primeiro passo era aceitar que tem a doença e aquilo é irreversível.

— Olá querida!

Isabelle ajeitou a sonda. Por mais que aquele tubo fosse fino, e feito de borracha macia, incomodava de tal forma.

Ela só queria arrancar aquilo e lançar longe. Se sentia aliviada por não precisar daquilo para se alimentar. Era apenas usado para introduzir os medicamentos necessários ao tratamento médico.

— Olá, mãe.

— Trouxe algo para você comer.

Isabelle olhou para mesinha. Não estava com muita fome, porém iria comer para não desfazer de sua mãe. Ela sabia o tremendo esforço que sua mãe estava fazendo para conseguir uma boa alimentação. Tentaria comer o suficiente.

— Graças a Deus! Estou morrendo de fome. — Mentiu.

Sua mãe parou e a olhou antes de levantar para pegar a bandeja. Então Isabelle percebeu o que tinha causado aquilo. Ela tinha dito que estava morrendo de fome. E ela estava morrendo de verdade. Às vezes dizemos cada besteira sem sentido.

— Oh, mãe! Desculpa. Eu... Eu não... Não quis dizer de propósito. — Lágrimas escorreram pelo rosto de Isabelle. — Não foi minha intenção.

— Eu sei querida. — Ela foi até a mesinha, voltou e colocou a bandeja no colo de Isabelle. — Agora se alimente.

Na bandeja tinha um pouco de arroz integral, alguns vegetais, um pedaço de frango que cheirava muito bem. E uma pera. Queria comer primeiro à fruta. Não o fez. Pois sabia que se fizesse não comeria o restante. Então pegou pedaço de frango e o levou a boca. Tinha um gosto delicioso. Ao longe ela podia sentir o levíssimo gosto do limão.

Quando terminou de comer — ela deixou ainda pedaços de frango e bastante arroz — sentou na maca. Estava cansada de ficar apenas deitada. Queria ir para casa. Ler um bom livro deitada em sua cama maciça. Se comunicar com seus poucos amigos. Sentia falta do grupo de leitura e de seu celular. Não era uma viciada como 80% dos jovens nos dias atuais. Sabia seu limite. Sabia impor o momento certo de usar o aparelho. Além do mais, sempre fora adepta do convívio ao vivo. Nesse momento queria sim, seu celular para mandar um torpedo. Estalou os dedos e levantou da maca. Rapidamente sua mãe correu para ajudá-la.

— Mãe *ainda* não estou inválida. Posso me locomover sozinha. — Sorriu.

— Eu sei filha. É só que... — A mãe dela baixou os olhos.

— Está tudo bem. Só preciso de um banho.

Ela caminhou em direção ao banheiro. Entrou e fechou a porta. Enquanto se banhasse, pensaria no garoto de preto. Seu companheiro de sonhos.

Ricardo segurava fortemente o braço e penetrava seus caninos no pulso de Daniel. O sangue descia quente pela garganta dele e percorria todo seu corpo. Sabe aquele gosto um pouco azedo de alguns tipos de goma de mascar? O sangue era parecido se tirado a sensação do mentolado. Mas aquele gosto metálico ao longe era tão maravilhoso. Além do mais, o sangue de Daniel tinha um gosto diferenciado. É claro!

O sabor do sangue era quase sempre o mesmo, o que diferencia são as coisas que o doador consome. E ainda bem que Daniel se alimentava perfeitamente bem.

Ricardo então pensou em seu sangue. Provavelmente tinha um alto teor de álcool no sangue. Quem se alimentasse dele provavelmente ficaria alcoolizado. O sangue é tão potente, por isso os vampiros precisam se alimentar com bastante frequência. Um litro de sangue nutre o vampiro por aproximadamente uma semana. Como pode algum vampiro trocar o sangue humano por animal? Deus do céu, o sangue animal não é bom. Na verdade é estranho e nada nutritivo. É um pouco parecido com o sangue dos idosos.

Enquanto Ricardo sugava o sangue de Daniel, ele fechou os olhos e respirou fundo. A troca de sangue era algo tão íntimo. De certa forma Ricardo estava gostando daquele momento. O que queria dizer que eles ainda tinham algo. Uma ligação. O sangue de Daniel corria nas veias de Ricardo. Assim seria mais fácil de localizá-lo. Estava também preocupado com seu bem estar. Esse era um dos motivos de Daniel querer alimentá-lo. Ele sugava grandes quantidades de sangue e Daniel apertava os lábios para se manter firme. Aqueles caninos perfurando seu pulso traziam uma sensação de formigamento e uma excitação. Gostava de alimentar Ricardo.

Naquele momento muito intenso, ele teve certeza de que ainda sentia algo em relação a seu companheiro. Tinha medo de que talvez a garota tivesse o cegado. Poderia ele conviver com os dois? Jesus Cristo, Daniel! Você já está cogitando a possibilidade de ela conviver no meio de vocês dois? A transformaria em vampira? Talvez!

Aquela possibilidade ainda não tinha passado em sua cabeça. Agora que ele tinha cogitado tal possibilidade... O problema seriam os Salvadores. Ele já estava sendo vigiado. Quase fora exterminado pela Salvadora Suprema. Por grande influência da parte de seu pai, ele tinha escapado do extermínio com uma nova chance. O que deixou a Salvadora Suprema furiosa. Pensaria naquela possibilidade mais tarde. Ricardo se afastou do pulso de Daniel por perceber que tinha bebido demais.

— Você está bem? — Perguntou Ricardo olhando firmemente para aqueles olhos azuis. Engraçado que agora aqueles olhos lembravam o céu em um dia de verão.

Daniel lambeu os resíduos de sangue. Depois passou o pulso na calça. Estava um pouco zonzo. Ricardo tinha bebido demais. Não o culpava. Estava muito fraco. Olhou para o companheiro. Tentando processar o que ele tinha lhe perguntado. Olhou para aqueles olhos negros cheio de segredos e sem esperança.

Quando o salvou, queria libertá-lo de todo seu passado. Queria cuidar dele. Ricardo não se libertou de seu passado. Pelo contrário, aquilo o perseguia como uma sombra.

— Estou bem sim. — Ele apertou os lábios.

— É que eu perdi o controle. Bebi demais. Se quiser retirar um pouco do meu. — A voz de Ricardo tinha um tom de súplica.

— Estou bem! — Daniel levantou para provar que estava falando a verdade. Ao ficar de pé ficou um tempo parado esperando a sensação de tontura passar.

Precisava comer alguma coisa para melhorar. Tinha que ficar bem para ir visitar a garota. O problema era que ele não sabia que desculpa daria para Ricardo. Ele deu uns passos e virou para olhar um Ricardo que o analisava.

— Está vendo? Tudo normal. — Ele fez uma longa pausa. Tão longa que chegou a ser irritante. — Vai fazer o que hoje à noite?

Ricardo levantou e foi até o espelho do grande guarda-roupa. Ajeitou o cabelo. Sabia que Daniel iria sair. Ele pretendia ir aquele maldito lugar secreto. Deveria segui-lo, pensou. Alias não. Não faria o papel de garoto enciumado.

— Vou buscar meu carro que deixei próximo a boate. — Disse categoricamente.

— Quer que eu vá com você?

Surpreso, Ricardo olhou para Daniel com os olhos arregalados. Daniel abriu um rápido sorriso. Sabia que ele ficaria surpreso e feliz ao mesmo tempo. Quanto tempo eles não saiam juntos?

— Tudo bem! Pode ser. — Ricardo respondeu neutro para não demonstrar nada.

— Vamos comer alguma coisa e depois vamos à boate antes de pegar seu carro. Tem muito tempo que não ouço uma música eletrônica.

Ricardo assentiu. Daniel sorriu e saiu do quarto. Ricardo o seguiu. Eles desceram as escadas em direção à sala de jantar. Daniel já tinha arquitetado tudo. Ficaria um tempo com Ricardo e logo depois iria ver a garota. Se agisse dessa maneira talvez tudo voltasse para o eixo. Talvez ele pudesse mesmo conviver com ambos. Por que não?

Capitulo 4

Ricardo estava sentado em um grande sofá de couro ao lado de Daniel. Eles estavam em silêncio, apenas observando as pessoas passando, dançando... as pessoas bebendo. Ele segurava uma garrafa de cerveja, ia em direção ao balcão da boate. Ricardo pediu uma cerveja ao entrar. Daniel o cutucou. Ele prometeu que não iria se embriagar naquela noite. Até porque não tinha motivos. Daniel estava com ele naquela noite. Ele estava se sentindo novo em toda a nossa alimentação. A luta e a discussão que tiveram antes de sair de casa fora que Daniel não quis se alimentar dele.

— Não entendo o motivo de você não se alimentar de mim. — A voz de Ricardo era dura feito uma rocha.

— Não tem motivos para ser entendido, Ricardo. Estou bem.

— Cheguei a pensar que você tem sei lá, algum tipo de repugnância em relação a meu sangue.

Daniel mordeu os lábios. Deu uma risada e passou as mãos no cabelo. Tinha que ter jogo de cintura com Ricardo.

— Está com medo de ficar sozinho?

— Não, Ricardo. Não é isso.

— É o que então?

— Nada! — A voz de Daniel saiu firme à mais — Estou bem.

satisfeito. Acabei de comer. Te alimentei. Estou muito bem, obrigado. Agora podemos ir?

Levando a garrafa aos lábios, Ricardo refletiu que estava sendo um pouco exigente demais para com Daniel. Ele não tinha obrigação de nada. Ele já tinha feito muito por ele. O salvou daquela vida miserável — não que essa fosse o paraíso. Deu cama, uma nova vida, uma nova oportunidade. E ele só sabia cobrar e cobrar. Ele tocou na coxa de Daniel que estava distraído olhando para um casal de lésbicas se atracando.

— Obrigado!

Sem entender, Daniel virou para Ricardo que o analisava. Ele tinha um perfil bonito. Às vezes parecia que ele tinha sido esculpido. Como agora mesmo, a cada vez que as luzes pairavam sobre ele, sua beleza era realçada.

— Oi?!

— Obrigado! — Repetiu aumentando o tom de voz.

— Pelo o quê? — Daniel gritou. Tinha começado uma nova música. Provavelmente David Guetta. Aquele DJ tinha um repertório muito repetitivo.

— Tudo. — Respondeu gritando e com o dedo apertando o ouvido.

Daniel sorriu e piscou para ele. Claro que ele não perguntaria "Tudo o quê?". Daniel sabia perfeitamente do que se tratava. Ele segurou o ombro de Ricardo e disse:

— Obrigado também.

Ricardo se virou com um sorriso gigante e levou a garrafa aos lábios. Fez uma careta. A cerveja estava quente. Chamou o garçom e pediu mais uma. Daniel o olhou e levantou a sobrancelha.

— Essa é a última. Me acompanha?

Daniel franziu os lábios.

— Só uma.

Ricardo sorriu, olhou para o garçom e fez o sinal do número dois com os dedos. O garçom voltou com as duas garrafas de cerveja. Eles brindaram e beberam por um tempo. Disfarçadamente, Daniel olhava as horas frequentemente. Estava ansioso para ir ao hospital. Especificamente ao quarto 056.

Seu corpo ansiava por sentir a pele daquela garota. Tomou mais um gole da cerveja. Dessa vez um mais longo. Olhou mais uma vez para o relógio.

— Algum compromisso em especial essa noite? — Ricardo perguntou contendo o sentimento de raiva que crescia.

Daniel olhou para ele constrangido.

— Só tenho umas coisas para resolver. Nada demais. — Ele tomou mais um gole da cerveja — Gosto dessa música.

Estava tocando *Titanium*, do David Guetta. As pessoas estavam eufóricas na pista de dança e se jogavam no ritmo da música remix. Ricardo percebeu que Daniel tinha dito aquilo apenas para mudar o assunto. E como não estava muito afim de problemas especialmente naquela noite, se conteve. Chega de DRs por hoje, ele pensou enquanto levava a garrafa de cerveja até os lábios. Já estava com vontade de pedir mais uma cerveja. Contudo, hoje ele não se embriagaria naquela boate.

Assim que Daniel saísse da boate para fazer sabe-se lá Deus o quê, ele iria pegar o carro e ir direto para casa. Os dois permaneceram em silêncio. Ricardo se lembrou de como tudo aconteceu à primeira vez. Por incrível que pareça, fora exatamente ali, naquela boate. Aquele lugar tinha história.

Ricardo se pegou sorrindo e então passou a mão na testa. Fazia calor. Precisa de um pouco de ar. Ele levantou e seguiu por entre as pessoas que estavam aglomeradas. Saiu para área livre da boate. Tinha umas pessoas se agarrando, outras quase a ponto de fazerem sexo. O que chamou bastante sua atenção foi um grupo de que estava no canto fumando um baseado. Ele sabia que era um baseado devido seus sentidos sobre- humanos. Ele gostava de ter visão, audição, paladar, tato e olfato mais avançado do que um ser humano médio.

Sentia-se grato por Daniel ter lhe concedido esse dom. Tanto esse como outros. Sentiu vontade de fumar um cigarro. Precisava disso para espairecer um pouco. Quando ficava estressado demais, ou fora de controle, sempre recorria ao álcool ou ao cigarro. Péssima mania as pessoas têm. Como se aquilo fosse acabar todos os problemas. De certa forma, acabaria com os problemas temporariamente.

Caminhou até a balaustrada e sentiu alguns olhares em sua direção. Podia sentir o odor de sexo saindo daquelas pessoas que o olhavam. Tanto dos homens quanto das mulheres. Encostou-se à balaustrada e ficou fitando o céu, analisando a quantidade infinita de estrelas que ele continha. Será mesmo que cada estrela daquela representava uma pessoa que fora para o paraíso? Ele se perguntou. Seus pais estariam lá? Queria saber.

Sentia tanta falta deles. Queria ter eles agora nesse momento. Conversar com sua mãe sobre os problemas, os sentimentos, a falta de confiança que sentia. Ele passou a mão direita na cabeça e tomou o último gole da cerveja. Precisava de mais uma o quanto antes. Voltou a pensar em seus pais. E se lembrou daquele terrível episódio...

Mais um dia de aula tinha chego ao fim. Ricardo não via a hora de chegar em casa, tomar um banho e passar o restante da tarde e noite jogando videogame. Ele era um garoto não muito frágil. Estava crescendo, seu corpo ficando um pouco robusto. A puberdade. Aquele momento em que um garoto começa a conhecer e tocar seu corpo. O momento em que quer usar o corpo de alguma forma. Os hormônios à flor da pele. Gritando para sair daquela maldita caixa. Ele seguiu caminhando pela rua, que estava um pouco movimentada. As mães ou pais (Eram poucos pais que buscavam os filhos na escola) passavam com seus respectivos filhos. Ele logo se lembrou de quando era menor e sua mãe estava sempre ali, na frente do portão da escola, antes mesmo do sinal tocar. Muitas vezes eles passavam na sorveteria, ou na padaria e compravam algum doce (Sonho na maioria das vezes. Ricardo gostava muito de sonho). Continuou seguindo seu caminho segurando a alça da mochila que estava em suas costas. Virou a esquina e entrou em sua rua. Sua casa era uma das últimas. Não era um bairro nobre como o que ele morava atualmente, mas também não era um bairro de extrema classe baixa. As casas eram razoáveis. Ele fazia parte da nova classe C. A rua estava mais movimentada que o normal. Será porque era sexta-feira? O problema era que o movimento das pessoas não era de diversão. As pessoas estavam com a fisionomia apreensiva. Ele não entendia o motivo. Continuou andando, andando, andando até que estava se aproximando de sua casa. Uma viatura estava parada duas casas antes da sua. O que chamou sua atenção não foi à viatura e nem o... Caminhão de bombeiro?! Sua casa estava em chamas. Ricardo ficou congelado como uma estátua. Quando conseguiu sair do choque, ele correu deixando a mochila cair no chão. Nada importava para ele naquele momento. Nada fútil (Só para deixar claro). Ele só se preocupava com seus pais. Ele correu e passou por entre dois policiais que tentaram impedir sua passagem. O policial o segurou pelo braço, porém ele o mordeu. Aproveitou o momento de distração e seguiu para dentro de casa. Sentiu na na hora o calor das chamas em sua volta. Sentiu- se no inferno, ou dentro de uma fogueira. Não estava em condições de fazer nenhuma comparação. Correu para o quarto de seus pais. Ao chegar lá, não suportou o que viu. Caiu de joelhos no chão. Não se importou com nada. Não sentia nada além de um aperto forte em seu coração. Parecia que alguém tinha enfiado a mão dentro de seu peito e apertava o seu coração com ódio total. Queria levantar do chão. Não conseguia. As tábuas caiam ao seu redor. O fogo crescia. Ouviu alguém gritando. Não se importou. Sua mãe estava presa embaixo das tábuas do guarda-roupa. Seu corpo estava em carne viva. As chamas a estava consumindo por segundo. Tão rápido quanto à velocidade da luz. Os olhos dela encontraram os dele. As lágrimas começaram a cair dos olhos de Ricardo. Sentiu-se uma criança impotente. Só conseguia chorar e chamar pela mãe. Ela tentava estender a mão em sua direção, porém não conseguia. Ela queria lhe dizer alguma coisa. Queria dizer um último adeus. Dizer que o amava e que sempre estaria com ele. Uma força paranormal surgiu dentro dele e então levantou correndo em direção à mãe em chamas. Parou. Algumas tábuas o impediram de se aproximar. Seu corpo agora estava torrado. Ela gritava e gemia de dor. Aqueles gemidos se transformavam em arrepios para Ricardo. Ele gritou o nome da mãe diversas vezes. Ela com muito esforço olhava para ele. Tentou sorrir naqueles seus últimos segundos. Ele gritou que a amava muito e que não a deixaria partir. Sua mãe fechou os olhos e ele sabia que ela tinha partido. **"A morte não é o fim. A morte é apenas o começo de uma nova jornada em um mundo além do nosso."** Sua mãe tinha dito aquelas palavras quando a avó de Ricardo tinha falecido após um derrame. Ele sentiu alguém o agarrando pela cintura. E os momentos seguintes foram vivenciados em câmera lenta. Antes de sair da casa em chamas, viu o corpo de seu pai jogado no chão da cozinha. Péssi-

forma de morrer. Morrer não, serem assassinados. E tudo por causa de seu pai. Por ter se envolvido com gente errada. E por causa disso, Ricardo não o tinha perdoado.

Sentiu uma mão em seu ombro e virou. Daniel estava atrás dele com a fisionomia triste. Ricardo tinha chorado ao lembrar-se daquele momento. E provavelmente Daniel sabia o que ele estava vendo. Ele era um vampiro da primeira família vampira que existiu, e por isso era forte o suficiente. Tinha dons além da capacidade de um vampiro misto como Ricardo.

— Acho melhor irmos para casa.

Ricardo enxugou os olhos.

— Preciso pegar o carro na outra rua.

Ele se virou e Daniel o segurou firme. Era um sinal de que estava tudo bem. Que ele estava ali, ao lado de Ricardo. Saíram da boate. O que foi bom para Daniel que não suportava mais aquele barulho, e aquelas pessoas bêbadas. Precisava de um lugar calmo. E não era sua casa. Uma pessoa normal nunca desejaria estar em um hospital. Daniel pensou enquanto seguia para a rua próxima a boate. E graças a Deus, o carro estava lá, intacto. Nunca pensou que encontraria o carro sem um arranhão sequer. Ainda mais naquela rua próxima a boate, onde o índice de criminalidade era altíssimo. Parando para refletir. Quando a criminalidade foi baixa? Ricardo destravou o carro e seguiu em direção à porta do motorista. Daniel o interceptou.

— Eu dirijo.

Sem reclamar, Ricardo deu a volta, abriu a porta, entrou, sentou e ajeitou o cinto de segurança. Daniel ligou o carro e arrancou. A viagem foi tranquila. O trânsito estava livre aquele horário. O que era bom para Daniel. Ele detestava dirigir em horário de pico. Já teve a péssima experiência poucas vezes e não curtiu. Ficar parado no trânsito por horas e horas. Perdendo tempo de vida. Tempo esse que nunca mais seria recompensado. Por isso ele evitava andar de carro nesse horário. Preferia se desmaterializar de um lugar a outro.

Depois de colocar o carro na garagem, os dois foram para o quarto de Ricardo. O quarto era grande, porém um pouco menor que o de Daniel. O quarto não tinha quase nada. Apenas a cama de casal, a grande televisão, o aparelho de DVD, o gigante guarda- roupa. Aquilo era a verdadeira solidão. Essa era a primeira vez que Daniel entrava para reparar o quarto em si. Das outras vezes sempre fora de forma rápida para acordá-lo, ou apenas para verificar se ele estava bem.

Ricardo sentou na cama em silêncio. Tirou a bota coturno, a camisa preta e se jogou na cama. Perdeu a vontade de beber e fumar. Só queria tirar um descanso e tentar esquecer o que tinha lembrado. Daniel ficou sentado ao lado dele até que ele pegou no sono. Passou a mão na cabeça do companheiro. Gostava dele e não se arrependia de ter quebrado as regras para salvá-lo.

Se tivesse sido exterminado como previsto por causa do que tinha feito, não sentiria nenhum arrependimento. Daniel era o tipo de pessoa que estava sempre disposto a por sua vida em risco e fazer algo para ajudar as pessoas que ele amava. Olhou para o relógio. Três da manhã. Ainda tinha algumas horas antes de o sol nascer. Sabia onde gastaria essas horas. Desmaterializou-se.

Capítulo 5

Que lugar enorme!

Gustavo estava embevecido com o tamanho da sala e os objetos que preenchiam aquele lugar. Giulia o prédio se fechando e não se importou. Estava eufórico. A sala era comprida e não muito larga, cheia de balcões branca e repleta de materiais ultramodernos. É uma de todas as histórias sobre aqueles de conspiração governamental.

Deu uma leve olhada ao redor da sala. Tinha duas incubadoras com vários tubos que ligavam um ao outro. Em uma delas estava um garoto de aparência frágil, muito pálido, e parecia estar em um tipo de transe, assim como os voluntários. Adrian caminhou até um computador e digitou alguma coisa. Gustavo estava parado agora no centro da sala. Mesas de operações, cadeira de dentistas, mesa de tortura e seus respectivos objetos. Aquilo tudo era muito sádico.

— Vou testar uma forma de criar um novo vampiro. O primeiro processo esta demasiado demorado e o chefe está pressionando. — Disse Adrian após tirar o disco, ejetar e colocar na mesa.

Gustavo se aproximou de Adrian e ouviu os passos. Na tela do computador haviam várias células girando em sincronia. Pelo que pôde perceber, era um tipo de computador

das células humanas com as dos vampiros.

Adrian clicou no mouse e as duas células se fundiram. Não era isso que os cientistas estavam fazendo? E que tinha dado errado? O corpo humano tinha recusado os genomas vampíricos e o sistema imunológico dos humanos reagiu de forma negativa.

— Não me diga que ali é o que estou pensando. — A voz de Gustavo era firme naquele momento. Estava agindo de fato como um cientista.

— Sim! Um vampiro. Eles existem. Foi difícil de acreditar. — Adrian estava admirado e ao mesmo tempo cauteloso. Deveria confiar de fato em Gustavo? Ele tinha sido escolhido após um período de observação por parte de Adrian. Ele fora considerado eficaz. Se Gustavo desse com a língua nos dentes, ele não sobreviveria para ver o projeto chegar ao ápice. Por fim, só restava confiar no garoto.

— Pelo que pude notar. — Ele caminhou pela sala com os braços cruzados — O senhor pensa em misturar o sangue de vampiro com o humano. Já não foi solicitado isso aos cientistas da área?

— Sim, com certeza! Enquanto ainda não obtive uma resposta concreta, farei outra experiência. Uma transfusão. Doação de sangue de forma involuntária.

Gustavo respirou fundo. Seria ele a cobaia? O Dr. Adrian iria transformá-lo em um ser monstruoso? Tudo bem que ele tinha vontade de viver eternamente. Ser jovem para sempre. Mas não dessa forma. Não se tornando um ser sanguinário. Ele olhou para a incubadora onde estava o vampiro e caminhou em sua direção.

A ficha ainda não tinha caído. Não era possível que os vampiros de fato existissem. Esse tempo todo ele achando que era apenas história no estilo Drácula. E agora... Ele sabia que essa raça de fato existia. Será que já se envolveu com alguma vampira? Se perguntou. Parou de frente à incubadora e ficou analisando o jovem. Parecia ser muito jovem e indefeso.

Sentiu uma súbita vontade de estudar aquela raça. Tentar traçar as semelhanças e diferenças dos vampiros com os humanos. Escrever uma tese. Tentar entender a fundo aquela raça que necessita de sangue para sobreviver. Ele se virou ainda com os braços cruzados e olhou na direção de Adrian.

— E quem vai ser a cobaia? — Perguntou sentindo um bolo na garganta.

Adrian tirou a camisa, a bota coturno e as meias. Ficou apenas de calça. Caminhou com seus passos firmes em direção a Gustavo e parou em sua frente. Gustavo o analisou de cima a baixo. Adrian era forte. Seus músculos a mostra. O peitoral definido, os braços em forma. Debaixo daquele jaleco e das roupas não parecia que ele tinha tudo aquilo.

— Eu serei a cobaia. Se tudo acontecer conforme estou pensando, serei o primeiro Vampiro Científico. — Ele sorriu — Passarei algumas instruções para o caso de algo dar errado.

Os dois seguiram em direção ao computador. Adrian estava ansioso. Ele sabia o risco que iria correr. Se desse certo, seria um novo ser. Se não... Não iria ver se o projeto no qual está completamente envolvido daria certo. Era um risco a correr. Em nome da ciência.

Daniel se materializou no hospital. Ele adorava aquele cheiro de éter. Merda! Esqueceu de pegar o girassol em seu jardim. Na próxima vez ele traria duas para compensar. Seguiu caminhando pelo corredor. Hoje o hospital estava um pouco mais movimentado. Umas duas enfermeiras passou correndo ao lado dele. Provavelmente novos pacientes tinham chegado. Uma pena.

Enquanto caminhava, Daniel ajeitou a jaqueta e passou a mão no cabelo. Parou na porta do quarto 056, segurou a maçaneta e então entrou.

Lá estava ela. A garota que ele estava... Não, não, não. Não podia admitir aquilo. De forma alguma deixaria seus sentimentos falarem mais alto. Lutaria contra aquilo. Estava tão envolvido. Tão próximo... Ela se mexeu e ele se escondeu na escuridão.

Esperou alguns segundos, ao perceber que fora apenas um movimento involuntário do sono. Daniel pegou a cadeira, colocou ao lado da cama e sentou. Suavemente pegou a mão da menina. Estava um pouco fria. Ao tocar aquela pele negra e lisa, seu corpo vibrou. E automaticamente sentiu algo crescendo dentro de si. Como podia desejá-la naquele estado? Alguém incapaz de se defender?

Estava envergonhado de si mesmo. Tudo bem que ela era linda. Mesmo naquele estado. Sua pele negra, mesmo um pouco pálida devido à falta de sol e a doença, os cabelos que aparentemente já fora cacheados e aqueles traços esculpidos de seu rosto. Oh... Deusa da beleza. Caprichou! O que de fato Daniel queria era poder ver aqueles olhos. Ver através deles. Os olhos são a janela da alma, e ele almejava ver a alma da garota. Ele respirou fundo. Estava em conflito. Tinha que se afastar daquela garota. Não queria se envolver. Porém não conseguia ficar afastado por muito tempo. Tinha criado um grande afeto por ela, além de suas expectativas. Queria dizer a verdade a Ricardo, contudo não sabia como seria a reação dele. Jesus

Cristo! Porque a vida tinha que ser complicada. Até mesmo para um vampiro?

Daniel se esticou um pouco e alisou o cabelo da garota. Era tão macio e ele cheirava. Se pudesse passar o dia todo alisando aquele cabelo. Cuidando daquela garota. Se pudesse transformá-la. Todavia, teria que encarar mais uma vez os Salvadores. E isso não era nada legal. Não queria olhar mais uma vez na face de Gabriella, a Salvadora Suprema. Olhar para aqueles olhos duros que não toleravam qualquer quebra de regra. E ele já tinha quebrado uma. Seria capaz de quebrar novamente? E por que não? Para salvar a vida daquela garota, ele faria qualquer sacrifício. Viver cada dia é um sacrifício que todos nós fazemos.

O tempo passou rápido enquanto ele ficou apenas analisando a garota, plantando sonhos em seu subconsciente e mexendo no cabelo dela. Olhou para o relógio. Estava na hora de ir. O pior de tudo era que ele queria ficar. Além do nascer do sol, um dos motivos que ele tinha que ir embora era Ricardo. Não queria que ele acordasse e não o encontrasse lá. Tinha que saber balancear as coisas.

Levantou, pegou a cadeira com cuidado e colocou no lugar. Colocou as mãos no bolso da calça. Olhou mais uma vez para garota e respirou fundo. Ele encontraria um jeito de salvá-la. Deu de costas, caminhou até a porta. Segurou a maçaneta. Olhou mais uma vez para trás e então abriu a porta. Antes que ele colocasse o pé no lado de fora do quarto, ele ouviu algo que fez coração gelar.

Adrian tirou o restante da roupa que estava no corpo e entrou na incubadora. Estava pronto para o teste. Tinha passado todas as informações para Gustavo. Caso o processo falhasse, ele deveria apertar o número 2 no celular de Adrian. Discagem rápida para o celular do Chefão. Quando ele atendesse, contaria o que tinha acontecido. Nervoso, Gustavo memorizou todos os detalhes. Ele digitou um código no computador e a incubadora se fechou.

Adrian encaixou os tubos em seu corpo, conectando-o ao do vampiro que estava em transe. Após conectar todos, ele fez sinal de ok para Gustavo que concordou com a cabeça. Era agora ou nunca. Se o teste desse certo, ele levaria o mérito, de certa forma.

Digitou uns novos códigos e uma névoa começou a sair de uns furos dentro da incubadora. Aquela fumaça era um tipo de sonífero, com a função de deixar Adrian em transe assim como o vampiro. No caso dele, até o processo finalizar.

Gustavo saiu de perto do computador e caminhou pela grande sala. Parou com os braços cruzados de frente a incubadora enquanto Adrian entrava em transe. Primeiro passo ok, ele pensou enquanto observava o sangue do vampiro fazendo seu longo percurso pelos tubos e penetrando as veias de Adrian. Será que ele resistiria? Será que seu corpo aceitaria aquele sangue diferente de bom grado? 50% de chance de tudo dar certo, assim como existe a outra metade de tudo ir pelo ralo.

***

Quando o sangue começou a penetrar no corpo de Adrian, ele sentiu algo diferente percorrendo seu ser. Tão parecido quando tomamos uma injeção e aquele líquido penetra na veia, mas Adrian não sabia o que era. Não conseguia identificar do que se tratava. Apenas sentia algo forte e repleto de poder. Um poder que entrava em suas veias a cada segundo.

Pelos outros tubos, o sangue de Adrian começava a sair

lentamente e seguia em direção ao vampiro. Uma troca de sangue. O sangue de Adrian saia com uma velocidade muito menor que a do vampiro.

Não conseguiria sobreviver só com o sangue vampiro, precisava que um pouco do seu próprio sangue estivesse em seu corpo, até porque, se tudo corresse como o planejado, ele seria um Vampiro Cientifico. O que seria semelhante com o Vampiro Misto, aquele que vive como humano até ser transformado por um Vampiro Puro.

***

Quando o computador avisou que o processo havia finalizado, a incubadora se abriu. Adrian ainda estava em transe e suava demasiadamente. Gustavo correu e tirou os tubos dos braços de Adrian e o deixou lá, pingando com o restante de sangue que ainda continha.

Aquele sangue mais avermelhado que o de um ser humano. Ele tentaria pegar uma amostra quando terminasse aquele processo todo e estudaria o sangue vampiresco. Descobriria quais os seus componentes, e se o sangue poderia ser usado como tratamento para curar certas doenças humanas, já que os vampiros não ficavam doentes.

Gustavo colocou o braço de Adrian em volta de seu pescoço. Ele era um homem grande, másculo e pesado. Desacordado, então, o peso dobrou. O que foi um grande problema para Gustavo carregar aquele grande corpo até a mesa de cirurgia.

Ao jogar o corpo de Adrian sobre a mesa ele respirou fundo. Seus braços estavam doloridos e suas pernas bambas. Respirava contando até dez com a intenção de fazer seu corpo se recompor. Colocou o dedo próximo ao nariz de Adrian.

Ainda estava respirando. O que era um bom sinal. Segundo passo ok. Agora só restava agora esperar.

— Você existe! — Disse uma voz feminina.

Sobressaltado e nervoso, Daniel virou e fechou a porta. Ela o tinha descoberto e da pior maneira possível. Logo quando ele estava fugindo, como um ladrão, após roubar uma casa aleatória no meio da noite.

***

Isabelle se mexeu um pouco naquela maca e tentou ficar em uma posição que fosse possível contemplar de melhor forma o garoto de preto. Estava perplexa com o fato de ele existir de verdade. Em pensar que tudo tinha sido uma fantasia de seu subconsciente. O que ela não entendia era que como era possível sonhar com alguém que nunca viu e que existia de verdade.

Ela observou o garoto de preto fechar a porta e se virar. Estava pálido com o susto. Não esperava ser surpreendido daquela forma, o que fez Isabelle abrir um rápido sorriso. Ela o tinha abordado sem precisar usar qualquer tipo de arma ou objeto. Ele estava encurralado de certa forma.

Deu uns passos em direção à cama e cruzou os braços. Ele tinha os olhos estupidamente azuis. O que fez Isabelle se lembrar do céu em um dia ensolarado às dez da manhã. Ele tinha uma estatura mediana. O que era proporcional ao seu corpo. Tinha um físico atlético apesar de ser magro. Ele era exatamente igual a seus sonhos. Não era possível uma coisa dessas. Algo tão improvável, porém real. Isabelle não sabia o que dizer.

Tinha tanto o que perguntar. Tanto o que falar. Sentia seu coração. Parecia que ela tinha acabado de correr na esteira. Enxugou as mãos na coberta. Olhou mais uma vez para o garoto de preto. Ele estava mordiscando os lábios. Tão excitante, pensou Isabelle. Olhou para cadeira, para ele e depois para a cadeira novamente. Fez o convite para que ele se sentasse sem usar as palavras. Imperceptivelmente, ele fez que não.

— Meu nome é Isabelle. — Sua voz saiu trêmula. Estava nervosa. E se estivesse sonhando? Um sonho dentro do sonho.

— Um belo nome. — A voz dele era firme, porém Isabelle sentiu o nervosismo em cada letra.

— E o seu nome é... ? — *Que ousadia, Isabelle. Como ousa ser tão precipitada dessa forma?*

O garoto de preto olhava firme para ela. Parecia que nunca a tinha visto na vida. Pelo menos não acordada. Ruborizada, desviou os olhos daquele olhar. O silêncio entre eles parecia uma eternidade sem fim. Aquele silêncio ensurdecedor estava deixando Isabelle aflita.

— Eu... — Ele começou e então fechou os lábios apertando em uma linha fina. Ela esperou pacientemente.

— Daniel. Meu nome é Daniel. — Ele disse rapidamente atropelando as palavras.

— Um belo nome. — Ela usou o elogio da mesma forma.

— Desculpa te acordar. Não foi minha intenção.

Ele não tirava os olhos dela. Nem por um segundo sequer.

— Oh, não. Por favor, não precisa se desculpar. Estava cansada de dormir. É a única coisa que faço nos meus últimos dias... — Ela parou de falar. Que péssima coisa para se dizer naquele momento. Dizer que estava morrendo? Bela forma de expulsar o garoto de preto.

Isabelle percebeu que ele abriu o rápido sorriso de canto de lábio. Mas foi tão rápido, que se ela não estivesse focada nele, não teria notado.

— Isabelle... — A voz dele saiu suave ao chamar seu nome. O que fez seu corpo se arrepiar por completo. Nunca ninguém tinha chamado seu nome daquela forma. Tinha certa excitação por trás de toda aquela suavidade. —... Desculpa minha falta de educação, porém eu preciso ir embora.

Ele olhou o relógio no pulso.

— Você vai voltar? — Ela se arrependeu de ter feito aquela pergunta.

— Provavelmente.

Ele se virou, caminhou até a porta, segurou a maçaneta e então abriu. Isabelle sentiu a luz do corredor no quarto. Sem olhar para trás, ele saiu e fechou a porta. Deixando para trás uma Isabelle cheia de ansiedade, medo e formigamento por todo o corpo. Ela queria acreditar que ele voltaria. O que ela tinha que fazer era não dormir. Tentaria a qualquer custo ficar acordada esperando pelo garoto de preto. Ela se corrigiu. Ela tentaria a qualquer custo ficar acordada esperando por Daniel, o garoto de preto.

Capitulo 6

Daniel se materializou na grande sala de sua casa. Estava fremindo e com o coração saltitando. Caminhou célere até o cômodo onde estava o barzinho. Precisava beber alguma coisa urgentemente. Jogou o paquete e jogou na poltrona. Pegou um copo largo e encheu de bisque, não estava com cabeça para fazer escolha. Pegou um que já estava aberto. Naquele momento, situação, o álcool era o aconselhável. Estava bestificado com o fato de ter sido descoberto. Isabelle.

Aquela voz macia reverberava em sua mente. Meu nome é Isabelle. Daniel sabia que aquilo iria acontecer mais cedo ou mais tarde. Todavia, ele acreditava na segunda opção. Mais tarde, e a forma como fora abordado por Isabelle fez seu coração quase escapulir pela boca. O lado bom disso tudo era que ele tinha visto aqueles olhos castanhos escuros que tanto admirava, e também tinha descoberto seu nome.

Ele poderia ter descoberto antes, hipnotizando qualquer enfermeira e descoberto o nome da paciente do quarto 056, mas não, ele não o fez, quería ouvir ela mesma dizer seu nome. Isabelle... Isabelle... Isabelle... Isabelle... Isabelle... Isabelle... Isabelle...

Caminhou até a poltrona e pegou a jaqueta, iria para

quarto. Beberia lá, e lá mesmo dormiria o dia todo. Por outro lado, também não queria que Ricardo acordasse e o encontrasse bêbado em estado deprimente naquele cômodo. Tinha que dar o exemplo. Já que ele sempre o repreendia por agir de tal forma.

Colocou a jaqueta no ombro e saiu do cômodo. Parou no meio da sala. Levaria a garrafa de uísque também. Voltou, pegou a garrafa que estava no balcão e subiu para o quarto. Ao abrir a porta, jogou a jaqueta na cama e colocou a garrafa e o copo com um pouco de uísque em cima da cabeceira. Tirou a camisa e jogou no chão. Seguiu para o banheiro, parou na pia e abriu a torneira.

Ficou analisando a água escorrendo pelo ralo. Molhou as mãos. A água estava fria. Fez uma concha com as mãos, pegou um pouco d'agua e jogou no rosto. Fechou a torneira e pegou a toalha de rosto branca que estava pendurada ao lado do espelho. Após enxugar o rosto, Daniel analisou sua própria imagem no espelho. Estava pálido, e não era devido ao susto que tinha levado ao ser descoberto por Isabelle. A palidez se dava devido à falta de sangue. Precisava se alimentar. Não iria beber de nenhuma humana, e muito menos procuraria alguém de sua raça para que o alimentasse.

Voltou para o quarto. Remexeu na sua coleção de DVDs. Tirou o Box da terceira de *Fringe* e colocou no aparelho de DVD. Enquanto iniciava, Daniel tirou a bota coturno e a calça jeans preta. Ficando apenas de cueca boxer branca, pegou a garrafa de uísque e o copo. Jogou-se na cama. Pegou o controle do aparelho de DVD e deu play. Enquanto bebia, assistiria os episódios da terceira temporada de *Fringe*. Uma das temporadas que ele mais gostava. Onde estava envolvido o mundo real e o mundo alternativo. Da mesma forma que ele estava agora. Vivendo em dois universos. O seu universo real era aquele. O vampírico, com Ricardo e toda aquela nobreza que estava ao seu redor. O universo alternativo era o com Isabelle. Uma improbabilidade. Ela nunca o aceitaria se soubesse o que ele era. Além do mais, ela estava com os dias contatos, não era? Porque se iludir? Pensar na possibilidade de salvá-la? Talvez ela não tivesse mais salvação.

O tempo passou assim como os episódios da terceira temporada de *Fringe*. E de nada adiantou. Ele não prestava atenção em nada que acontecia com Olivia Dunham e a sua equipe. Assim como também, parecia que o uísque não estava fazendo efeito. Seus pensamentos estavam em Isabelle. E todo o momento ele se recordava da situação em que fora abordado, descoberto, exposto por ela. E se ele estivesse se desmaterializando naquele momento? Possivelmente ela ficaria em estado de choque ao presenciar aquilo. Ele tinha que se esquecer dela e daquele momento. Levantou da cama, deixou a garrafa de uísque e o copo no chão e saiu do quarto.

Ricardo se virou na cama e abriu os olhos abruptamente. Assustou-se com o que viu: Daniel estava deitado completamente descoberto e jogado feito uma boneca de pano. Tentou criar uma teoria, ou até mesmo encontrar um motivo que tenha levado Daniel até o seu quarto. Tentativa em vão. Ele levantou e percebeu que estava pelado — e excitado ainda por cima. Pegou uma coberta e se enrolou da cintura para baixo. Os homens e sua mania de acordar excitados. Ele sabia que aquela excitação só podia acontecer por duas razões: ereção involuntária durante o sono e/ou bexiga cheia. No seu caso, 80% das vezes era devido ao fato de uma ereção involuntária. Não necessariamente involuntária. A culpa era dos sonhos eróticos. Mesmo que as vezes eles assombrassem Ricardo, devido ao seu passado conturbado com o sexo. E independentemente disso, ele não tinha para onde correr. Acabava se excitando.

"É um mecanismo de autodefesa do pênis para prevenir a fibrose dos corpos cavernosos".

Pelo menos ele tinha uma justificativa plausível.

Ricardo seguiu para o banheiro e se trancou. Lembrou-se da noite anterior na boate, quando teve um vislumbre do momento em que sua mãe morria queimada. Reviver aquele momento trazia uma sensação estranha, um vazio. Ele ficava oco. Para evitar lembrar mais uma vez, seguiu para o chuveiro e ligou. A água estava gelada. E Ricardo gostava daquela sensação. Do alívio que a água trazia quando tocava sua cabeça e percorria por todo seu corpo. Outro motivo que fazia Ricardo ser fiel a uma ducha bem gelada era que os banhos de água gelada tinham a função de aumentar a imunidade contra gripes e resfriados. O irônico nisso tudo era que ele não ficava doente. Os vampiros não ficavam doentes. A biologia deles não permitia isso. O fato é que ele queria melhorar o humor e sentir seu corpo revigorado. Esse é o ponto e bastava. Ele levou um tempo debaixo do chuveiro após se ensaboar e então decidiu sair. Pegou a toalha branca que tinha pendurado e enrolou em sua cintura. Olhou-se no espelho. A barba estava crescendo. Trataria de tirá-la depois. Por ora, ficaria com a fisionomia um pouco mais velha. Sorriu.

Quando abriu a porta do banheiro, Daniel abriu os olhos.

— Bom dia, senhor dorminhoco. — Ricardo levou a mão à testa em sinal de continência.

Daniel se girou na cama e abraçou o travesseiro.

— Muito engraçado.

Ricardo sorriu e foi até o guarda-roupa a procura de algumas peças. Vestiu a cueca por baixo da toalha e em seguida pegou uma calça moletom cinza. Enquanto vestia, perguntou a Daniel algo que estava matutando em sua cabeça desde hora em que abriu os olhos.

— O que te trouxe a meu humilde quarto?

Daniel franziu os lábios.

— Estava entediado, então resolvi te fazer uma visita, mas...

Ele se conteve.

— Devo considerar como um elogio? — Ricardo sorriu.

Ricardo olhou para Daniel e ficou feliz ao perceber que ele também sorria. Conseguia imaginar o que ele estava pensando naquele momento.

— Qual o motivo da alegria? Está um pouco saidinho.

***

Daniel queria saber de fato o que estava acontecendo. Pelo que lembrava — se é que o consumo alto de uísque não tivesse apagado algo da noite interior —, Ricardo não havia saído bem da boate. O importante era que agora ele estava bem.

— A culpa é do banho gelado. — Ricardo fez uma pausa e franziu as sobrancelhas — Deveria experimentar. Está com uma cara péssima.

Ele estava péssimo...

Daniel levou um tempo para responder. Ele estava com uma baita dor de cabeça. Maldito uísque. Precisava de um banho congelante. Se nevasse no Brasil, com certeza, ele se jogaria na neve nesse exato momento. O choque do frio o acordaria.

— De fato estou! — Assumiu. Ricardo mordeu os lábios.

— Sinta-se a vontade em meu banheiro. Já que usufruiu de minha cama.

Daniel gargalhou. Sentou na cama com as pernas entrelaçadas.

— Já que insiste. — Daniel joga o travesseiro em Ricardo, que se esquivou com sua super velocidade.

— Não foi dessa vez.

Daniel levantou da cama e se espreguiçou.

— Vou aceitar o convite para usar seu banheiro.

— Conhece o caminho.

Daniel deu uns passos e rapidamente se desmaterializou e materializou atrás de Ricardo o prendendo com uma chave de braço.

— Te peguei. — Daniel falou tão próximo do ouvido de Ricardo que os pelos de seu corpo ficam eriçados.

Ricardo levantou os braços mostrando redenção.

— Tudo bem... Você venceu.

Daniel soltou Ricardo que revidou o imobilizando. Daniel soltou uma gargalhada. Ele lutava na tentativa de se soltar e seu corpo tocava o de Ricardo, resvalando contato de um corpo no outro. Rapidamente, Ricardo soltou um Daniel ruborizado.

— É... Vou descer... Estarei esperando lá embaixo. — Ricardo estava nervoso e falava gesticulando.

Daniel agora o analisava com uma fisionomia neutra. Ricardo deu um passo para trás. E o que aconteceu foi tão rápido como um piscar de olhos. Daniel puxou Ricardo para perto de si mantendo os corpos colados. Daniel sentia o coração de Ricardo batendo rapidamente. Ele encarava profundamente os olhos de Ricardo, que tentava desviar o olhar.

Deixando suas intenções mais claras ainda, ele encarou os lábios e logo em seguida voltou a encarar os olhos de Ricardo. Por fim, os lábios deles se encontraram. Eles se beijaram de forma avassaladora. Naquele momento o beijo saciava a tensão sexual que estava pairando entre os dois. Ricardo passava as mãos pelos cabelos de Daniel e o segurava com força. Daniel gemia a cada vez que ele repetia aquele processo.

Daniel desbravava a boca de Ricardo como se estivesse comendo uma fruta muito saborosa. Quando estavam em sincronia, Ricardo parou e empurrou um Daniel confuso sem entender o motivo que o levou a tomar aquela atitude.

— Desculpa, eu não acho isso certo!

Sem dizer mais nada, Ricardo saiu do quarto deixando para trás um Daniel perplexo.

Capítulo 7

Gustavo estava cansado.

Após ... o corpo de Adrian da ... que o colocou na mesa de cirurgia. Passou o restante da madrugada esperando algum sinal de que aquela tentativa de recriar as células da biologia daria certo. Quando percebeu que estava pegando no sono, ele saiu da sala. Como não sabia a senha que abria a porta, ele colocou um objeto metálico para impedir que ela se fechasse. Caminhou apressadamente pelo corredor escuro e colocou um objeto metálico na outra porta. Passou em frente ao rapazes com aqueles voluntários ... Depois analisando cada um daqueles seus no total a procura de um pouco de cafeína. Quando voltou segurando uma xícara de café e mastigando o biscoito de polvilho, alguém interrompeu seu caminho.

— Boa tarde, Gustavo — disse uma mulher ruiva com o cabelo preso em um coque. Boa tarde, como diria.

Ele colocou os dois biscoitos restantes de vez na boca e ... o aparelho celular do bolso. De fato, já era tarde. Jesus Cristo, o tempo passou de forma surpreendente, ele e ... tinha percebido.

— Você viu o Dr. Adrian? Os cientistas que estavam estudando o Projeto V querem falar com ele.

Projeto V provavelmente estaria relacionado ao fato de transformar aquelas pessoas em Vampiros Científicos.

Pensando rápido ele respondeu:

— Ele ligou e disse que não compareceria hoje. Estou responsável pelo andamento do projeto.

A mulher estava com a fisionomia confusa. Não era do feitio do Dr. Adrian não comparecer ao trabalho, e muito menos deixar alguém fazer seu trabalho.

— Então vamos? — Ela virou e seguiu por um canto escuro.

Nesse canto escuro tinha uma porta. Quantas salas secretas têm nesse lugar? Gustavo se perguntou. Ele a seguia sem dizer nada. Bebeu grandes goles de seu café para ficar acordado. O que diria Adrian quando acordasse? — Se acordasse.

Agora ele não estava dando muita importância. Estava se sentindo parte do projeto de certa forma. A mulher caminhava de forma sensual. Gustavo sabia que não era para chamar sua atenção, pois já tinha visto aquela mulher andando pelo laboratório, e de fato, era o jeito dela. O que chamava muita atenção entre os cientistas.

O corredor era escuro assim como o que dava para sala na qual Adrian estava desacordado. A mulher parou em frente a uma porta e digitou uma senha de seis números. A porta se abriu.

Ao entrar, eles desceram uma pequena escada. O lugar era mediano e havia, aproximadamente, umas doze mesas. Umas dez estavam ocupadas. Os tubos com o sangue dos humanos estavam interligados a uma grande máquina.

A mulher caminhou em direção a um homem de estatura mediana com uma fisionomia séria. Aparentava ter uns 40 anos. O corpo ainda estava em forma.

— Dr. Fernando.

Ele tirou os olhos do microscópio e olhou para a mulher. Os olhos dele brilharam. Gustavo deduziu que eles eram bem próximos. Ou algo mais que isso. Dr. Fernando olhou além da mulher e Gustavo percebeu que os olhos dele o analisavam.

Involuntariamente, ele deu uns passos e ficou ao lado da mulher. Estendeu a mão que Dr. Fernando apertou com firmeza e explicou o que tinha ocorrido e o que ele estava fazia ali.

— Estranho... — Dr. Fernando coçava o queixo que mostrava uns fios da barba que estava crescendo — Dr. Adrian não tem esse hábito. Mas, para tudo tem a primeira vez, não é meu caro? — A voz dele saiu descontraída e Gustavo relaxou um pouco.

A mulher saiu e deixou os dois a sós. Dr. Fernando pegou a xícara de Gustavo e colocou em sua mesa e os dois seguiram caminhando pelo laboratório.

— Como você sabe sobre o *Projeto V*, estamos tentando criar uma nova raça vampírica e o primeiro processo não deu muito certo.

Gustavo assentiu.

— Então com a ajuda do Dr. Adrian consegui uma amostra do sangue vampírico e algumas células de DNA. — Ele prosseguiu — Confesso que estou um tanto curioso para saber como ele conseguiu.

Gustavo fez uma cara triste dando a entender que também não sabia. O que era uma mentira — De certa forma. Ele não sabia, até o momento em que fora chamado para ajudar Adrian na tentativa de transformá-lo em um vampiro. E agora, aos poucos, ele estava se inteirando sobre o *Projeto V*, que até ontem ele não sabia que se chamava assim.

— O que o senhor encontrou? — A voz de Gustavo saiu firme. O que foi bom. Dr. Fernando caminhou na frente e parou em uma mesa enorme repleta de materiais, papeis e amostras de sangue. Ele pegou uns papeis e passou para Gustavo que olhou sem entender bulhufas.

— Encontramos um composto no sangue do vampiro. Na verdade, esse composto do vampiro é bastante semelhante a uma doença que ocorre em alguns humanos.

Aquilo era interessante...

— Qual o nome do composto?

Cheio de si, Dr. Fernando respondeu:

— O composto químico que nutre no sangue vampírico tem certa ligação com a *Porfirias*, pois, quando um humano tem essa doença genética, os sintomas que aparecem, tem certa ligação entre a doença e as fraquezas dos vampiros.

Dr. Fernando citou alguns sintomas da doença que tem semelhança com os vampiros. Assim como um professor de biologia, ele foi detalhadamente fazendo uma analogia sobre a luz que promove reações nas *porfirinas* circulantes pela pele, provocando *fotodermatite*, com lesões e desfigurações sérias. Assim, os pacientes evitam a luz. Isso era mais que um fato incontestável para Gustavo. Até porque, a luz solar é o maior inimigo do vampiro, especialmente luz ultravioleta na faixa UVC. Ele também falou das lesões que podiam levar à necrose das gengivas, tornando os dentes proeminentes. Isso para Gustavo ainda era meio que duvidoso. Ele precisava estudar a causa que fazia os dentes dos vampiros crescerem. Segundo a literatura e as lendas vampirescas, as presas surgiam devido à fome. Raciocinando agora ele acreditava que a fome era um fator que contribuía para o surgimento dela, contudo, ele queria saber do composto em geral. Quando Dr. Fernando assimilou o alho por conter *dialil-dissulfeto*, componente que agrava bastante os sintomas das *porfirias*, Gustavo abriu um sorriso, todavia não gargalhou como queria.

Não era o tipo de profissional que desmerecia o trabalho de um colega. Profissionalismo em primeiro lugar acima de qualquer coisa. Até mesmo de uma fábula no que os vampiros têm medo de alho. Os sinais podiam ser melhorados com injeções de heme. Assim, o consumo de sangue aliviaria bastante os sinais. Todo vampiro precisava de sangue para sobreviver.

— Até que ponto isso nos permite dizer que as *porfirias* são uma condição patológica? — Ele perguntou curiosamente.

— Quando nos deparamos com uma característica ou com um comportamento qualquer de um organismo, tentamos imediatamente explicar por que tal estrutura existe, quais são as vantagens, e qual cenário evolutivo foi fixada. Contudo, costumamos esquecer que muitas e muitas estruturas não são adaptações. E mesmo em relação às que são, a tarefa não é mais simples: o fato de criarmos uma hipótese que explica com perfeição as possíveis vantagens adaptativas de uma estrutura, ou talvez de um comportamento, recriando até mesmo as etapas de seu desenvolvimento, não nos obriga a aceitar necessariamente aquela hipótese, e alçá-la à condição de verdade científica... E isso é tão comum em biologia evolutiva!

E Gustavo sabia muito bem disso. O que ele precisava era ter certeza de que Dr. Fernando estava ciente do que estava fazendo. E ligeiramente, pensou que isso poderia causar uma devastação na humanidade. E se o tal composto químico vazasse e a população sofresse uma pandemia vampiresca?

— Então podemos usar o sangue dos vampiros para criar uma nova raça?

— Não é assim tão fácil. Podemos transformar em um vírus e injetar nas pessoas. Por exemplo, quando um vampiro transforma o outro, esse composto passa diretamente para o corpo do hospedeiro. Eu quero acreditar que seja um tipo de parasita. Biologicamente falando.

Exatamente o que Gustavo pensou. Se esse suposto vírus vazasse, o caos estaria feito no país, ou quem sabe no mundo. Os cientistas teriam que tomar bastante cuidado com esse projeto. Uma falha e... Adeus humanidade.

Gustavo imaginou um mundo apenas com Vampiros Científicos e não gostou nada do que seu cérebro produziu. Sentiu seu todo corpo enrijecer. Um mundo onde os Vampiros Científicos não teriam humanos para se alimentar. A consequência da falta de humanos seria então o início de uma chacina. Um contra o outro na busca pelos alimentos e a sobrevivência.

— E vocês já começaram a trabalhar nesse vírus? — Gustavo quis saber e aproveitou o ensejo e colocou um pouco de pressão: — O Chefão está cobrando.

Ele lembrou que Adrian falou poucas vezes enquanto eles seguiam para a sala sobre um tal de Chefão. Após dizer aquilo, Gustavo franziu os lábios constrangidamente. Será que Adrian já teria citado o Chefão para apressar algum processo demasiadamente longo? E se ele tivesse acabado de cometer uma gafe imperdoável?

— Sim, com certeza. — Dr. Fernando tirou Gustavo de seus pensamentos catastróficos

— Já começamos a criação do vírus. O problema é que tudo tem consequências e com o vírus não será diferente.

— Sem problemas. O importante é o vírus ficar pronto no prazo estipulado.

Dr. Fernando assentiu e Gustavo se despediu. Passou na mesa e pegou sua xícara. Subiu as escadas e saiu do laboratório. Ao caminhar por aquele corredor escuro, lembrou-se da mãe. Um momento inapropriado, diga-se de passagem. Ele não entendeu porque aquelas lembranças surgiram em sua cabeça. Gustavo tinha perdido sua mãe para o câncer há sete anos e foi devido a esse fato que ele resolveu se tornar um cientista. Tinha colocado na cabeça que iria encontrar uma cura para o câncer de qualquer forma. Não ligava para prêmios, fama e nada do tipo. Isso seria consequência. O que realmente ele não queria era que outro filho perdesse a mãe para aquela doença atemporal. Era triste ver o índice de pessoas que morriam de câncer no mundo. A doença tinha se transformado na Peste Negra do Século XXI. Assim como a Peste Negra, o câncer não escolhia suas vítimas. Presidentes, governadores, prefeitos, professores, pastores, padres, homossexuais, negros, brancos, gordos, altos entre outros eram pegos pela doença. Gustavo acreditava que o câncer poderia ser, talvez, a substituta ou a filha da Peste Negra.

Passando a mão na frente do rosto como se estivesse espantando um mosquito qualquer, Gustavo percebeu que já estava caminhando no meio daqueles voluntários sem projeto de vida. Sem status na sociedade. Todavia ele não se importava com aquelas pessoas. Pelo menos naquele momento. Pelo amor de Deus, Gustavo não era o tipo de homem que desprezava as pessoas de classes e/ou níveis sociais que fossem menos favoráveis. Jamais. O motivo dele não se preocupar com aqueles voluntários em transe era não ser descoberto seguindo para o laboratório onde Adrian se encontrava, pois se ele fosse descoberto: (a) ele acreditava que poucos sabiam da existência daquele laboratório, (b) os outros cientistas iriam questionar quem tinha liberado a entrada dele naquele laboratório e (c) ninguém poderia encontrar Adrian deitado naquela mesa de cirurgia desacordado.

Cautelosamente ele caminhou até desaparecer na escuridão. Ele parou em frente à porta de metal. Ao lado dela tinha uns teclados e ele se lembrou de Adrian digitando um código de seis dígitos e a porta se abrindo. Pelo menos ele tinha usado a cabeça e colocado algo para impedir que a porta fechasse. Tanto essa, quanto a porta da sala do laboratório. Ele retirou o objeto e entrou. A porta se fechou. Ele acelerou os passos naquele corredor escuro e empurrou com força a porta do laboratório. Adrian ainda estava desacordado. Droga!

Ele caminhou até o computador e pegou o aparelho celular de Adrian. Deveria apertar a discagem rápida para o Chefão, ou esperaria por algum resultado? Ele não poderia passar mais uma noite naquele lugar. Precisa respirar ar "puro". Tudo bem que ele não tinha ninguém o esperando em casa, porém ele precisava da cama e comer algo consistente.

Pegou o celular de Adrian e colocou no bolso que estava vazio. Voltou para mesa onde Adrian estava deitado. Ele estava analisando cada parte do corpo do homem. As laterais do corpo eram grandes, os bíceps grandes. Ele tocou no peitoral de Adrian. Não com desejos sexuais, até porque ele se considerava heterossexual até a unha do dedão do pé. Ele tocava aquela pele grossa e desejando ter o corpo pelo menos um mais forte. Será que com um corpo mais ou menos parecido com o de Adrian ele teria mais chances com as mulheres? Talvez não.

Provavelmente ele era a catástrofe por pessoa. Independente do corpo que tivesse, sempre seria uma tragédia em seus encontros. Droga! Ele precisava de uma mulher.

Quanto tempo que ele não tocava uma mulher de verdade? Nossa Senhora, já tinha perdido as contas. Estava se sentindo um virgem novamente. Sentia que tinha perdido a prática. Sexo era igual a andar bicicleta não era verdade? Uma vez que você "aprende" não esquece nunca mais. Gustavo torcia para que aquilo fosse verdade.

Ele foi até um armário e pegou uma coberta branca e fina — tão fina que era possível ver através dela —, ao perceber que Adrian estava pelado. Quando voltou, não tinha percebido nada de diferente. Estava perdido em pensamentos. Dessa vez pensando em qualquer besteira. Quando se inclinou para ajeitar a coberta no corpo de Adrian, assustadoramente, sentiu algo agarrar seu braço com tanta força que sentiu os ossos estalarem. O pior não foi isso. Antes que Gustavo percebesse o que estava acontecendo, a última coisa que sentiu, antes de apagar, foram duas presas cravadas em sua clavícula.

Capítulo 8

Isabelle abriu os olhos. Seu corpo foi dominado por aquela vontade gostosa logo pela manhã. Aquele desejo de permanecer mais tempo na cama lhe ocorreu. Ela olhou o teto e encarou a parede branca de seu quarto. Só mais alguns minutos, pensou.

Os meus minutos se transformaram em meia hora. Era sempre assim. Por isso ela colocava o despertador pra tocar meia hora antes do horário previsto para levantar. Assim, quando acordasse, e tirasse seus "cinco minutos", levantava na hora que realmente deveria. Garota inteligente.

Depois de muito lutar com a cama — uma de suas maiores inimigas — Isabelle levantou e sentou. Estava usando uma camisa masculina e por baixo usava apenas uma calcinha preta. Era dessa forma que ela gostava de dormir. Quer saber um segredo? Ela gostava de dormir sem nada por baixo. Não gostava da sensação de aperto. Para ela, a noite tinha que ser o momento da liberdade. Já usava calcinha e sutiã o dia todo, aceitava usar na hora dormir, mas existia um motivo para dormir de calcinha. Certa vez sua prima havia lhe contado que dona do olho completamente pelada e estava sozinha em casa. Seus pais tinham saído. Então ela aproveitou o ensejo e dormiu da forma que tinha chego ao mundo. Dormia à maravilha, eis

disse que tinha sentido alguém dar-lhe uma tapa extremamente forte na bunda. Ao acordar, com a sensação de ardor na polpa da bunda, ela notou que estava vermelha. E o pior não era isso, lá estava a marca dos cinco dedos da mão que dera o tapa. Aquilo a deixou completamente desnorteada. Desse dia em diante ela nunca mais dormiu nua.

Isabelle sorriu ao se pegar pensando naquela situação. Não tinha uma explicação lógica para aquilo, porém ela não iria provocar seja lá o que fosse. Por isso sempre dormia de calcinha por debaixo da camisa masculina. Após aquele episódio da prima,

Isabelle recorreu à internet e descobriu que dormir nua fazia bem. Que seja. Olhou para o relógio digital em sua cômoda. Ele marcava exatamente 08:00. Ela precisava correr, pois hoje era sábado, o que significava que tinha o grupo de leitura.

Ela levantou da cama e seguiu para o banheiro. Depois de aproximadamente dez minutos ela saiu do banheiro com uma toalha branca enrolada no corpo e outra na cabeça. Caminhou até o guarda-roupa, deixando o chão do quarto molhado. Pegou umas peças de roupa. Tirou a toalha da cabeça e enxugava seu cabelo preto cacheado enquanto se olhava no espelho. Logo após jogar a toalha na cama ela tirou a que estava em volta de corpo deixando cair no chão. Agora estava completamente nua e Isabelle fitava sua própria imagem no espelho.

O seu corpo desenhado, porém magro. Ela deu uns passos e se aproximou ainda mais de sua imagem. Nossa... Como ela estava magra. Além da conta. Os ossos próximos ao pescoço estavam começando a surgir. Tinha perdido alguns quilos nos últimos dias. Alguma coisa fora do normal. Ela percebeu.

Depois de vestida e com o cabelo enrolado em um coque, ela pegou os livros do Stephen King e desceu as escadas. No mês atual, o grupo de leitura estava fazendo maratona com os livros do autor. Era assim o processo do grupo. Cada mês do ano eles selecionam três autores e depois faziam votação. O mais votado, claro, seria o do mês. No mês atual, eles já tinham lido dois livros, que foram O Iluminado e Quatro Estações. Hoje iriam começar Carrie, A Estranha.

Ao chegar à cozinha colocou os livros em cima da mesa. Abriu a geladeira à procura de alguma coisa para comer. Nada lhe satisfazia ultimamente. A falta de apetite era constante. Sua mãe sempre reclamando e insistindo para que ela comesse alguma coisa. O irônico nisso tudo era que Isabelle era fanática por carne e comia bastante. Acredita que ela já chegou a comer pedaços de carne crua? Pois é. O seu preferido mesmo era carne mal passada. Nada encheu seus olhos. A porta da geladeira estava aberta enquanto ela pensava em sabe-se lá Deus o quê. Mesmo sem nenhuma vontade de comer, ela tinha que comer. Iria passar horas em um grupo de leitura o que lhe consumiria bastante energia. Ela até já ouvia a mãe falando com ela: Se você não se alimentar direito não vai aguentar o ritmo do dia, saco vazio não para em pé.

Pegou o litro de leite, fechou a geladeira e voltou para a mesa colocando o litro lá. Apertou os lábios enquanto pensava realmente se iria comer aquilo. Só em pensar a ânsia de vômito aparecia. Massageou as têmporas na tentativa daquela ânsia desaparecer. O que foi um erro. Ela sentiu uma tontura e segurou fortemente na cadeira. Respirou fundo e voltou a se concentrar. Precisava colocar alguma coisa no estômago o quanto antes. Ela abriu o armário e pegou a caixa de cereal, logo depois uma vasilha.

Quando estava voltando para mesa à tontura lhe abraçou. E dessa vez ela veio com força total. Isabelle procurou apoio e infelizmente não encontrou. Deu uns passos e tudo que seus olhos captavam era sua cozinha girando, girando, girando como se estivesse em um daqueles malditos brinquedos que giram com força total no parque de diversão.

Uma sensação de moleza percorreu todo seu corpo, sentiu que estava suando frio. Sem contar na terrível náusea. A sua respiração estava cada vez mais lenta. Ela enxergou tudo preto e desabou no chão junto com a vasilha e a caixa de cereal.

Capítulo 9

Ricardo estava sentado à mesa, enquanto pensava no que tinha acontecido no quarto com Daniel. Que filho da mãe! Ele pensava que era Ardalion led... tentaram... atrás de segredos, e diversas mimimis, e depois lhe beijar daquela forma. Não era bem assim que as coisas funcionavam, mas era assim que aconteciam as coisas. Pelo menos não nos tempos atuais.

A comida em seu prato estava esfriando. Uma porção de arroz, com milho e ervilha, um grande pedaço de bife bem suculento, uma porção de purê de batata. Claro, o que Ricardo mais gostava de comer, batatas fritas. A comida era o que menos lhe chamava atenção. Pegou a taça de vinho que estava ao lado do prato e levou até os lábios.

— Não vai comer? — Daniel estava de frente para Ricardo, usando preto da cabeça aos pés. Coturno, calça, camiseta e jaqueta.

Ricardo o olhou e então desviou o olhar para o prato. Colocou a taça de volta à mesa e pegou duas batatas fritas e colocou na boca. Não sentiu gosto nenhum. Ele observou Daniel sentar à mesa e preencher seu prato. O único som que se ouvia durante a refeição era o som do garfo chocando-se com o prato, e das poucas vezes que Daniel pedia algo para Ricardo.

Ricardo.

— Eu pensei que seria diferente. — Ricardo não suportou ficar calado. Tinha que desabafar. Dizer tudo que estava preso em sua garganta.

Daniel cortou um pedaço pequeno de carne e civilizadamente levou à boca. Mastigou com a maior calma possível, engoliu e então perguntou:

— O quê?

Ricardo fechou a mão e estava pronto para dar um murro na mesa. Porém não queria dar motivos para Daniel dizer que ele estava fora de controle. Mas ele estava, não estava?

— Depois que você me salvou. — Ricardo respirou fundo após dizer aquelas cinco palavras.

— Eu posso ter salvado você. O problema é que você não se salvou. — Sua voz era calma. E isso irritava Ricardo. Ele queria gritar, derrubar alguma coisa. Só que ele estava esperando uma dessas atitudes do Daniel para que ele pudesse agir de tal modo.

— As coisas não são tão simples assim. — Ricardo disse com amargura na voz.

Daniel colocou o garfo e a faca na mesa ao lado do prato, colocou os cotovelos na mesa, em seguida entrelaçou os dedos das mãos, e levou até o queixo.

— O seu problema é que você não esquece o passado. Você não se liberta. Não adianta tentar viver o presente se você estiver vivendo ainda o passado. Será que você não percebe isso?

Ricardo sentiu uma ardência nos olhos. Daniel tinha razão. Ele não esquecia seu passado de forma nenhuma. Não tomava nenhuma atitude no presente, pois tudo remetia ao seu passado sombrio.

— Por que você me salvou? — Ele perguntou sentindo um bolo preso na garganta. Daniel revirou os olhos impacientemente.

— Porque, por que, porquê e por quê. É só isso que você sabe perguntar.

— Eu só queria saber. Eu não me sinto encaixado em sua vida, nesse lugar. Tudo isso para mim ainda é novo. Eu... — Ricardo respirou fundo. Sentia as lágrimas chegando.

— Eu sou um peso para qualquer pessoa. Eu... Eu.

— Não é que você não esteja adaptado a essa vida. Não se encaixe em lugar nenhum. Simplesmente você não quer. O passado é como uma joia de valor inestimável. E não é bem assim que a vida funciona, Ricardo. — Daniel continuou: — Você não pode passar muito tempo se perguntando por que isso aconteceu. Não pode simplesmente dizer para si mesmo que não dará mais um passo enquanto não entender as razões que levaram a tudo que te aconteceu. É doloroso, talvez, seja. Eu não sei, pois você nunca se abriu, desabafou. Você se acha um tipo de rocha inabalável, quando na verdade você ainda é uma criança indefesa. As coisas passam, Ricardo, e o melhor que fazemos é deixar que elas realmente possam ir.

A verdade dói. Ricardo estava sentindo na pele aquele ditado. Cada palavra que Daniel tinha dito era como se fosse uma tapa em sua cara. Ele sabia que Daniel estava certo. O seu passado era o presente e o futuro. O passado era a justificativa para tudo que fazia. As tragédias que ele tinha passado. A perda da inocência. Ricardo queria chorar. Chorar feito uma criança ao nascer. Ele precisava disso. Precisava lavar a alma e para isso tinha que colocar as lágrimas para fora. O problema era que Daniel estava ali, o observando com aqueles olhos azuis, que agora estavam enfurecidos.

E então como um trailer de filme de ação, o seu passado começou a passar rapidamente. Seus pais assassinados. Sua mãe morrendo queimada em carne viva. Sua ida para casa de seus tios. O trabalho escravo que ele sofria de domingo a domingo, e ainda por cima ficando sem dinheiro nenhum, pois o tio pegava tudo, alegando que era para o sustento da casa. E então a pior parte de tudo: os abusos sexuais feitos pelo próprio tio. Meu Deus... Aquilo causava ânsia de vômito. O próprio tio abusando do sobrinho inocente. Não, ele não queria. Ele gritava, chorava, porém o tio o fazia pegar naquele membro duro.

Ricardo começou a chorar e Daniel não ficou surpreso ao presenciar tal cena. E as imagens continuaram a passar como um trailer. As coisas tinham piorado. Ricardo se lembrou de quando recorreu à tia para contar sobre os abusos do tio, mas ela não acreditava em nada. Pelo contrário, ela dizia que ele deveria fazer o que o tio ordenasse. Era como se ela soubesse de tudo que o marido fazia. Bruxa! Ele bravejava. Também viu sua adolescência. Como esquecer? Fora nessa fase da vida que ele tinha perdido a inocência — aquilo que nos permite o encanto —, e a dignidade.

Era como se fosse hoje, Ricardo ainda podia sentir. Ele estava chegando em casa, depois de uma partida de futebol com os poucos amigos que tinha feito. E correu diretamente para o banheiro. Estava feliz por seus tios não estarem em casa. Era sozinho que ele se sentia bem. A presença dos tios trazia um tipo de carga negativa para ele. A água gelada caía em seu rosto e Ricardo gostava daquela sensação. Ouviu o som da porta batendo e quando olhou seu tio estava ali com as calças abaixadas e segurando aquele membro que causava repugnância a ele. E então aconteceu. Oh, Deus... Não. Aquilo não estava acontecendo. Tinha que ser um pesadelo. Mas não, era a verdade. Ele ainda sentia seu tio pressionando seu rosto no azulejo branco do banheiro e sentia aquele odor de suor e álcool saindo daquele maldito homem e então aconteceu... A perda de sua inocência.

Voltando ao presente, Ricardo cobria o rosto com as mãos. Estava envergonhado com o que Daniel tinha visto. Não queria que ele o olhasse de forma diferente. Silêncio. Daniel estava de pé atrás de Ricardo com as mãos em seus ombros. O toque de Daniel era tão leve que Ricardo não tinha sentido.

Levantou da cadeira e se afastou. Cruzou os braços e ficou de costa. Não queria encarar Daniel. Não depois do que tinha exposto. Estava se sentindo vulnerável naquele momento. Naquele momento ele estava sentindo uma angústia, uma sensação de aperto no peito. Lembrar aquele momento no banheiro era terrível. Uma desagradável sensação de vontade de vomitar. Viu-se abraçado ao vaso sanitário vomitando depois do que tinha acontecido.

— Eu não sabia que... — As palavras desapareceram. Daniel não sabia o que dizer naquele momento. Estava embasbacado com o que tinha presenciado. Então era por isso que Ricardo era fechado. Agora tudo fazia sentido. Por isso ele usava o sexo para "sobreviver". A verdade era que Ricardo usava o sexo na tentativa de se libertar e até mesmo se vingar do que aconteceu com ele. Achava que fazendo sexo com um e outro faria dele uma pessoa mais forte. Talvez ele tirando a inocência de algumas pessoas...

— Talvez fosse melhor do jeito que estava. — A voz de Ricardo era dura feito uma rocha.

Daniel deu uns passos cautelosamente. Tinha que ter cuidado. Qualquer movimento em falso poderia causar um estrago ainda pior. Ricardo estava derrotado, frágil e magoado. Quando estava bem próximo de Ricardo, Daniel o tocou no braço. Ele permaneceu parado feito uma estátua.

— Nada mudou. — Daniel disse.

— Talvez — Retrucou Ricardo sem nenhum sentimento na voz. Ele virou e encarou um Daniel compassivo.

— Um dia desses, talvez sua mágica não me afete mais.

A coisa mais verdadeira que Ricardo tinha dito para Daniel desde o dia em que fora salvo. E de alguma forma aquilo era verdade. Ricardo de certo modo ainda estava naquele lugar por causa do efeito que Daniel causava nele. Quantas vezes ele tinha cogitado a possibilidade de correr para o sol e desaparecer para sempre? Ir para o outro lado. Abraçar a morte finalmente? Era o que ele mais queria. O pior era que a morte não o queria. Sempre Daniel surgia para salvá-lo.

— Talvez eu não quisesse ter sido salvo. — Disse em voz alta, expressando seu pensamentos.

Com sua super velocidade, Daniel pressionou Ricardo na parede e segurou seu pescoço.

— Eu quebrei regras, quase fui exterminado, os Salvadores estão me vigiando, e claro, a Salvadora Suprema me persegue. E agora você vem dizer que talvez não quisesse ser salvo? Deus do céu! Você é um completo mesquinho e estupidamente infantil.

Daniel apertava cada vez mais forte o pescoço de Ricardo, que gostava da sensação. Ele queria morrer não era mesmo? Então estava no caminho certo. Se Daniel o tinha salvado, então ele mesmo poderia levar Ricardo para o outro lado.

Quando percebeu o que estava fazendo, Daniel se afastou de Ricardo. Tinha perdido o controle da situação. Não era de seu feitio agir de tal forma, mas por Deus! Ricardo fazia qualquer um perder as estribeiras. Daniel respirou fundo e olhou para Ricardo que fitava o chão. Daniel não tinha muita certeza de como se sentia em relação ao que estava acontecendo. Precisava espairecer um pouco. E ele já sabia para onde iria. Sem aviso prévio, ele se desmaterializou.

Capitulo 10

Depois de Daniel ter desmaterializado, sabe-se lá para onde, Ricardo teve um ataque de nervos em casa quebrando algumas coisas. Quando achou que estava se sentindo um pouco melhor, resolveu que precisava fazer um acerto de contas. Só assim, ele estaria liberto de alguma coisa. Ele saiu de casa, entrou na garagem e pegou o carro. Ao entrar e fechar a porta, ele esmurrou o volante. Estava ainda fora de controle, respirava e inspirava com frequência achando que melhoraria alguma coisa. Ilusão pura. Tentou colocar a chave na ignição. Suas mãos estavam tremendo.

Merda!

Depois de algum tempo conseguiu encaixar a chave e ligou o carro. Saiu da garagem a toda velocidade, deixando tudo para trás. Ricardo sabia que a viagem teria um pouco longe. Ele poderia desmaterializar e se rematerializar no local desejado em instantes, porém ele preferia dirigir por ter mais liberdade. Então ele lembrou que até antes de ser salvo por Daniel ele não sabia dirigir. Ele tinha medo e pavor de dirigir. Famosa "cinetofobia e o carro na garagem" e os créditos de superar tal medo eram do Daniel Jesus Cristo! Será que a sua vida toda agora giraria em torno de Daniel?

O carro virou à esquerda e entrou em uma rua escura.

91

Ele lembrava vagamente daquele lugar. Não sentia saudade de forma alguma. Sempre quisera sair daquele lugar de alguma forma. Até que conseguiu. E se ele não tivesse sido molestado pelo próprio tio, será que ainda estaria morando com eles e sofrendo como antes?

Ricardo começou a criar diversas teorias de como seria sua vida se não tivesse passado pelo pesadelo, ou até mesmo, se não tivesse encontrado Daniel. Como estaria sua vida nos dias atuais? Ainda estaria usando o sexo para sobreviver e tentar se libertar de algo irreversível? Perder a inocência era algo sem volta. Uma vez perdida... Não tinha como voltar atrás. Chegando ao lugar de destino, Ricardo parou um carro um pouco distante e desceu. Fechou a porta e ligou o alarme. A noite estava silenciosa, o céu sem nenhuma nuvem e a lua brilhando de forma estupenda. Colocou as mãos no bolso da calça e seguiu caminhando. Oh... Olhando aquelas casas... Como as coisas estavam diferentes. Tudo um pouco mais moderno. As pessoas querem o melhor para si e suas famílias. Se pelo eu tivesse uma, pensou enfurecido. E já sabia onde iria descontar toda sua raiva e seu ódio guardado durante tanto tempo. Tinha chegado o momento que ele tanto tinha evitado. O acerto de contas. Agora as coisas seriam diferentes. Ele não estaria mais por baixo.

Parou em frente a uma casa azul com dois andares. As luzes estavam apagadas o que era um bom sinal. A sorte estava ao seu lado, ou pelo menos ele acreditava que estava. Respirou fundo. Voltar ali lhe trazia péssimas recordações. Mesmo consumido pela vingança, o medo falava mais alto. Ele poderia se mostrar forte, porém ainda era uma criança indefesa. Daniel estava certo. Seu coração batia tão forte que ele chegou a sentir falta de ar. Passou as mãos no rosto e contou até dez. Precisava criar coragem. Deixar de ser aquela criança indefesa. Agora era um homem. Mesmo que tecnicamente falando. Deu uns passos e parou no portão. A varanda ainda tinha aquelas plantas penduradas como antes e aquela cadeira de balanço também estava ali. Provavelmente não tinha trocado. A relíquia da família. Abriu o portão tentando não fazer nenhum ruído e entrou. Subiu uma escadinha com quatro degraus e parou na varanda.

Olhou para trás a procura de algum vizinho que estivesse espionando a vizinhança aquela hora da noite. Não encontrou ninguém. Ele estava sendo otimista, pois a vizinhança sempre tem uma pessoa que esta de plantão para saber de qualquer informação e depois... Bem, depois contar para fulano, que contará para ciclano e assim sucessivamente. Maldita fofoca. Maldito vírus. Com a força do pensamento, Ricardo abriu porta e então entrou lentamente assim como um ladrão no meio da madrugada.

Quando já estava dentro de casa, fechou a porta e respirou fundo.

Tum tum tum tum tum tum...

Seu coração estava batendo mais forte. Aquele lugar lhe causava arrepios. O verdadeiro Ricardo queria virar, abrir a porta e sair correndo daquele lugar e nunca mais voltar, porém, a vingança falava mais alto, ela dizia para ele ir em frente e fazer o que ele tinha ido fazer. *Só assim se sentirá livre*, dizia uma voz feminina e doce como mel em sua mente. Ele balançou a cabeça, na tentativa de afastar aquela voz doce que o hipnotizava com força.

Caminhando pela pequena sala agradeceu por ter sentidos sobre-humanos, caso contrário já teria esbarrado em alguma bugiganga daquela casa. Seguiu para a cozinha. Suas pernas estavam pesadas feito chumbo e ele se movimentava com dificuldade. A verdade era que seu corpo estava completamente pesado. Sua mente estava borbulhando, suas emoções estavam à flor da pele, contudo o medo falava mais alto naquela situação, com a vingança em segundo lugar.

Ao chegar à cozinha seu corpo ficou petrificado. Quem ele menos esperava estava lá. Por uma fração de segundo foi como se a alma de Ricardo tivesse saído do corpo para um rápido passeio e retornado para o descanso. Seu tio estava ali, sentado na cadeira com as luzes apagadas. Que diabos ele estava fazendo ali?

Capítulo 11

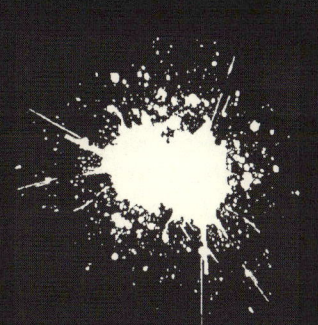

Quinze, dezesseis... Vinte e dois... Vinte e cinco passos, e ele parou na porta da garota. Segurou a maçaneta com força e respirou fundo. Tinha que enfrentar as consequências. Contou até a três e abriu a porta.

O que Daniel viu abalou suas estruturas. Fez seu coração bater mais forte. O quarto estava completamente escuro, e a única luz que iluminava agora era a do corredor e fora exatamente luz que fez a imagem mais linda resplandecer perante os olhos de Daniel. Jesus Cristo... Ele estava embasbacado pela beleza que resplandecia de Isabelle. Ela estava sentada na cama penteando o cabelo. E não era só isso. Estava com as pernas cruzadas e nuas. Ela virou a cabeça na maior calma possível e em seguida falou algo que Daniel não escutou. Ele estava tão concentrado nos movimentos que os lábios dela faziam ao formar a frase que ele não escutara.

Daniel entrou e fechou a porta. Graças a sua visão sobre-humana, ele conseguia enxergar todo o quarto de forma nítida. Ele só não entendia como Isabelle conseguia pentear o cabelo naquela escuridão.

O silêncio que se seguiu foi extremamente irritante. Nenhum dos dois sabia o que dizer. E ambos se encaravam sem jeito. Timidez pairando no local. Por incrível que pareça foi Isabelle quem quebrou o silêncio.

— Não vai dizer nada? — Ela parou de pentear o cabelo e colocou a escova ao seu lado na cama. Pegou um elástico e prendeu o cabelo. — A propósito, você poderia me fazer o favor de acender a luz?

Deixe de ser idiota e vá acender a luz, rapaz!

Saindo do transe, Daniel tateou a parede até que encontrou o interruptor. Quando a luz clareou o quarto 056, o constrangimento da parte de Daniel foi ainda pior. Meu Deus, como um vampiro podia ser tão idiota dessa forma? Balançou a cabeça para tirar certos pensamentos de sua cabeça. Encostou atrás da porta, cruzou os braços e os tornozelos.

Enquanto observava Isabelle, Daniel procurava palavras para se explicar sobre os sonhos, o girassol, as visitas, as retiradas das dores. Ao pensar nesse último ato, Daniel questionou-se se ela sentia que após suas visitas e sonhos, ela acordava melhor. E se ela questionasse isso? Meu pai celeste... Como iria dizer que era diferente. "Mas diferente como?" É claro que ela iria perguntar dessa forma.

Sentiu as mãos suarem...

Descruzou os braços e enxugou as mãos em sua calça preta.

— Então... — Começou dizendo.

— Não gostaria de sentar? — Ela sorriu, mas o sorriso saiu triste. Claro que ela estava triste. Estava morrendo... Puf!

Daniel caminhou pelo quarto, pegou a cadeira, colocou de frente a Isabelle e sentou. Ela apenas observava cada movimento dele. Sua fisionomia mostrava que ela estava surpresa e Daniel podia sentir o odor de excitação que emanava dela. Isso fez com que ele ficasse ainda mais constrangido. Como podia sentir atração por um desconhecido?

Ninguém escolhe por quem vai sentir atração, idiota! Daniel balançou a cabeça mais uma vez.

Que perturbação!

— Por que você me visitava? — Isabelle perguntou.

Daniel foi pego de surpresa com aquela pergunta. Não esperava que ela fosse tão direto ao ponto. E o pior era que as palavras tinham sumido juntamente com sua voz. Santo Deus... Ajude-me! Estava na ponta da faca, na ponta do terraço de um prédio de vinte andares. Qualquer movimento em falso, e ele morreria.

— Senti necessidade. — *Que resposta estúpida!*

— Necessidade? De quê? — Ela revirou os olhos.

Daniel queria rir. Sim, queria mesmo. Mesmo com a morte ao seu lado, ela ainda tinha coragem de agir daquele modo. Sem sombra de dúvida que ela agiria assim. Qualquer um no lugar dela teria a mesma atitude. Um desconhecido visitando seu quarto no hospital quase todos os dias... Muito, muito estranho.

— De proteger você! — As palavras saíram sem que ele percebesse.

A boca fala do que está cheio o coração. Não é assim que diz um versículo bíblico? Então... O coração dele estava tão cheio de proteção por Isabelle que as palavras saíram sem sua ordem.

— Me proteger? Do quê? — Ela fez uma pausa enquanto encarava um Daniel ruborizado que brincava com os dedos das mãos. — Não tem mais do que me proteger. Mesmo assim obrigada pelos serviços.

Então era isso? Estava sendo dispensado?! Se arrependimento matasse... Não teria começado essa fantasia. Essa atração platônica. Daniel levantou e se virou sem dizer nada. Quando se aproximou da porta, ouviu aquela voz que era música para seus ouvidos.

— Por favor, não vá... — A voz de Isabelle saiu em tom de súplica.

Daniel olhou para Isabelle que estava com os olhos repletos de lágrimas. Ele queria ficar. Claro que queria, mas nesse momento... Ele precisava resolver algo de suma importância. Ou uma catástrofe aconteceria. Sem dizer nada, Daniel passou pela porta deixando para trás uma Isabelle arrependida pelo que tinha dito.

Capítulo 12

— Quem está aí? — A voz do tio de Ricardo saiu meio emburrada —. É você Cristina?

Ricardo sentiu que mesmo ela tendo ido embora há tanto tempo, seu tio ainda tinha o controle sobre ela. Ela pôde retornar como se estivesse sentido o cheiro... e o tio, ele estava próximo de fato.

— Quem está aí? — Elevou o tom de voz.

Cadê a voz de Ricardo? Desculpe-se, ele tentava dizer alguma coisa, porém não conseguia. Estava petrificado, hipnotizado e enfeitiçado pelo tio. O tio levantou da cadeira com um copo na mão e seguiu na direção de Ricardo. A cada passo que o tio dava, o corpo de Ricardo temia. Um, dois, três passos e então o tio parou de frente a ele. Aquele bafo de álcool rapidamente o levou ao passado, ao momento em que tivera o rosto pressionado na parede enquanto a água do chuveiro caía e descia pelo ralo.

— Quem é você? O que quer aqui?

Depois de muito esforço, Ricardo conseguiu falar:

— Não está me reconhecendo, titio? — Apesar da luta, titio, sua voz saiu com dificuldade e cheia de medo.

Através de seus sentidos sobre-humanos, Ricardo viu que seu tio abriu um sorriso e então se aproximou dele. O ódio de álcool estava lá. Era como se estivesse abraçando os dois e os aproximando cada vez mais.

— Sentiu falta, garoto? — A voz do tio estava cheia de segundas intenções e Ricardo sentiu o joelho fraquejar.

Pode uma pessoa depois de tanto tempo ainda ter o domínio sobre a outra? É claro que sim! O medo é algo tecnicamente incurável de certa forma. O mesmo ocorre quando alguém é assaltado. A partir daquele momento o pânico a persegue, e ela acaba achando que qualquer um pode assaltá-la a qualquer momento.

Ricardo manteve a cabeça ereta. Estava determinado a não ficar por baixo dessa vez. Ele faria o que tinha que fazer e desaparecer para sempre. Esquecer aquele maldito passado. Tentar recomeçar uma nova história. Ah... Como Ricardo precisava de uma dose de álcool. Porque não bebeu antes de sair? Sentiu o arrependimento. Talvez com o álcool percorrendo em seu sangue fresco ele teria mais coragem.

— Não! Eu vim fazer o acerto de contas. — A voz de Ricardo saiu trêmula.

O tio gargalhou um pouco e levou o copo até os lábios. Tomou um longo gole da cachaça. Logo em seguida deixou o copo cair no chão e se espatifar. Não se importou com o barulho e muito menos com os cacos que se formaram no chão. Ricardo ainda estava parado sem ação. Sentia-se uma estátua. Queria agir logo, porém não conseguia. Seu tio tirou o cinto e deixou as calças caírem. Ricardo vomitou nos pés do tio. Não resistiu. O nojo, a repugnância e o desprezo o abraçaram tão forte que seu estômago revirou e colocou as tripas para fora.

— Seu moleque atrevido. Maldito! Você vai me pagar. — O tio bradejava.

Ele agarrou Ricardo pela gola da camisa e o jogou na

mesa. Aproximou-se do garoto indefeso e com dificuldade abaixou a calça dele. Ricardo começou a chorar. E toda vingança, desejo de acertar as coisas? Desapareceu. As diferentes respostas emocionais podem parecer estranhas para quem sofre de abuso sexual. Quando o tio ficou bem próximo a ele, pôde sentir a felicidade do desgraçado. Ele gostava da situação. Sentia-se o maioral ao estar sobre controle. O dominante. E o pior era que Ricardo não estava se importando com nada que seu tio sentia. Ele só chorava e chorava. Queria sentir-se liberto, ser diferente, não ter passado por nada daquilo. Por que ele? Ele ainda não estava curado, ou talvez não se curasse nunca mais. A cura, após um abuso sexual, é um processo ao longo da vida.

Se talvez ele estivesse ciente de que a culpa não era sua. A culpa não era dele, ele não pediu para que isto ocorresse, seu tio era um criminoso que deveria estar preso. Ricardo tinha que entender e aceitar que ele não era e nem podia ser responsabilizado pelo ocorrido, ele era uma vítima e o principal prejudicado. Ele precisava de cuidados, carinho e atenção. Daniel tentava isso, não tentava? Ricardo era quem fugia de tudo que Daniel fazia para lhe agradar. E nesse exato momento, Ricardo pensava em Daniel. Na briga que tiveram antes de ele sair em busca de vingança. Depois de tudo que tinha feito por ele, Ricardo ainda não sabia agradecer, não confiava totalmente nele. Daniel que tinha quebrado as regras para salvá-lo daquela vida. Se não fosse por Daniel ele talvez não estivesse mais nesse plano. E não era isso que Ricardo queria? Porém, nesse momento, ele colocou todas as suas dúvidas e incertezas de lado e pensou em quem ele realmente amava... Daniel.

Antes que se tio conseguisse repetir o que já tinha feito diversas vezes, Ricardo virou velozmente e pressionou o tio na na parede. Agora ele estava por trás daquele desgraçado e mesmo por cima, Ricardo sentia ânsia e desprezo. Odiava tanto seu tio independente da situação em que ambos estivessem. O tio blasfemava sem entender como Ricardo tinha saído de seu domínio com tanta velocidade. O desgraçado tentava se afastar do ataque de Ricardo e por incrível que pareça ele estava conseguindo. Independente de Ricardo ter super velocidade, seu tio era maior e mais forte e além do mais, Ricardo era apenas um Vampiro Misto. O tio empurrou Ricardo que caiu de vez no chão, porém levantou-se rapidamente.

— Que diabos? — O tio estava estupefato.

O desgraçado começou a derrubar as coisas da cozinha na tentativa de conseguir capturar Ricardo. Enquanto as coisas faziam estrago na cozinha, Ricardo pensava em Daniel. Apesar dos apesares, pensar em Daniel lhe dava forças naquele momento. Uma enorme gratidão surgiu rapidamente dentro dele por ter sido salvo daquela situação trágica, porém, ao lembrar quem causou tal estrago em sua vida, a gratidão foi substituída pela raiva, pela vingança e pelo rancor.

Ricardo parou de correr e esperou seu tio se aproximar. O desgraçado estava sem fôlego e suava muito. Ricardo estava assustado, estava despreparado por causa das coisas que seu tio tinha feito com ele. Sem pensar mais em nada, cego pela vingança, ele avançou em direção ao tio e o mordeu. O tio gritou ao sentir as presas perfurarem seu pescoço. Enquanto Ricardo sugava aquele sangue sujo, seu tio se debatia e tentava agarrar Ricardo de alguma forma, tentando sobreviver ao ataque animal.

Capítulo 13

Mas que droga!

Gustavo abriu os olhos. Sua visão estava completamente embaçada. Sua cabeça doía, como se tivesse levado uma pancada forte. Com dificuldade, levantou do chão e se sentou. Como tinha parado ali estava fora de lógica? Estava precisando dormir urgentemente.

Ele esfregou os olhos na tentativa de que sua visão voltasse ao normal, e logo em seguida passou a mão no pescoço. Quando olhou para as mãos levou um susto. Havia sangue. E então, como flashback, tudo passou em sua mente. Gustavo respirou fundo e levantou abruptamente. Precisava encontrar o Dr. Adrian antes que uma tragédia acontecesse naquele lugar.

Ao ficar de pé sentiu uma forte tontura, provavelmente pela falta de sangue no organismo. Até que ponto o Dr. Adrian havia sugado seu sangue? Será que ele estava raciocinando? E se ele tivesse secado o corpo de Gustavo? Deus! Poderia estar morto nesse momento... Vivendo em outro plano, outra dimensão. Gustavo agradeceu a algum deus por ter sobrevivido ao ataque, e deu uma rápida olhada no relógio. Lá estava ele.

Dr. Adrian estava agachado no canto da sala, encarando...

mente nu e com o rosto nas mãos. Seu corpo estava trêmulo. Provavelmente devido à adaptação ao novo sangue que circulava em seu organismo. Santa Virgem de alguma coisa! Gustavo nunca imaginou que um dia viria seu chefe daquela forma. Feito uma criança indefesa em busca de ajuda.

— Dr. Adrian? — A voz de Gustavo saiu cautelosa.

Dr. Adrian levantou a cabeça e olhou nos olhos de Gustavo. Seus lábios estavam repletos de sangue. O meu sangue, pensou Gustavo sentindo um arrepio no corpo. Ele deu alguns passos em direção ao Dr. Adrian que estava com os olhos fixos nele. Seus olhos estavam frios como o de um animal selvagem, pronto para atacar. Sua respiração acelerada. Pequenos rosnados saiam dele.

— Dr. Adrian? — Repetiu.

Colocando o medo e o receio de lado, Gustavo se aproximou do Dr. Adrian. Ao ficar de frente a ele se agachou, ficando do mesmo tamanho. Cautelosamente, tocou o braço dele, que estava um pouco frio. Desceu um pouco a mão pelo braço e aquela pele lhe causou algo estranho... Meu Deus! Seria efeito do vampirismo?

— Está excitado? — Perguntou Dr. Adrian. Sua voz estava tão diferente.

Surpreso com aquela pergunta, Gustavo tirou a mão rapidamente do braço do Dr. Adrian e levantou. Não acreditou que ele tinha feito àquela pergunta. Jesus, Maria, José... Ele não estava atraído por aquele homem. De forma alguma.

— Não, não estou! — Ele afirmou convicto de si.

Dr. Adrian olhou para ele e sorriu. As presas estavam expostas e Gustavo se afastou ainda mais. Ele sabia, devido aos mitos e ficções vampíricas, que quando as presas estão expostas é sinal de fome.

— Sente fome? — Perguntou — Eu posso sentir seu

desejo.

Inacreditável!

— Sentir desejo não é a mesma coisa que estar excitado. De querer... — Gustavo se calou. Não tinha argumentos contundentes perante esse assunto. O melhor a fazer era se afastar e mudar de assunto. Todavia, sua mente divagava. O Dr. Adrian estava mesmo com os dons vampíricos? Então quer dizer que ele estava sentindo alguma coisa pelo Dr. Adrian? Talvez o faro dele estivesse falhando por ser recente. Ele não sentia atração por pessoas do mesmo sexo. Mas que besteira, Gustavo! Todo ser humano tem o desejo de experimentar o mesmo sexo, porém... Sempre o porém! Porém o medo de experimentar e gostar sempre fala mais alto.

Gustavo respirou fundo. Aquele assunto era irrelevante naquele momento. Sua sexualidade não estava em debate. Ele não se sentia atraído pelo Dr. Adrian. Apenas admirava aquele corpo que ele desejava ter. Era isso e mais nada. Fim de papo!

— Você está bem? — Perguntou Gustavo mantendo sua postura de cientista.

— Sinto meu corpo completamente diferente. — Respondeu Dr. Adrian como se estivesse em uma consulta médica.

Gustavo caminhou até armário e pegou uma roupa médica. Caminhou pela sala e jogou a roupa em direção ao Dr. Adrian.

— Vista isso! — Ordenou.

Erguendo uma sobrancelha, Dr. Adrian agarrou a roupa médica, levantou e começou a se vestir. Gustavo se virou procurando o que fazer enquanto o outro vestia a roupa.

— Estou vestido!

Gustavo se virou e caminhou em direção ao Dr. Adrian. Quando ambos estavam de frente um para o outro, Gustavo sentia a respiração estável dele. Ele levantou a mão e foi em direção ao olho esquerdo do Dr. Adrian.

— Posso?

Ele assentiu e abriu um rápido sorriso com os dentes vampíricos expostos. Desde quando eles tinham esse tipo de intimidade?

— Sente fome? — Perguntou mais uma vez reforçando a pergunta que tinha feito momento antes de ter ocorrido à situação constrangedora entre ele e o Dr. Adrian.

— Sim! — Respondeu olhando para jugular do Gustavo que percebeu e tossiu na tentativa de tirar a atenção dele.

— Vou pegar algo para você com... Beber. — Ele se corrigiu.

Gustavo se retirou da sala fazendo o mesmo processo que a outra vez. Colocando algo para impedir que as portas se fechassem. Quando estava naquele grande salão com aquelas camas repleta de pessoas, que se tornariam os novos vampiros. Os chamados Vampiros Científicos, seu coração doeu. Não queria que aquelas pessoas perdessem a vida, por outro lado... Teriam a vida "eterna". A Juventude eterna. Não teriam preocupações com doenças que os humanos temem ter.

Gustavo continuou andando em direção ao laboratório onde estudavam a falha na primeira tentativa de transformar aqueles pobres humanos em vampiros, porém seu objetivo era outro. Roubar um pouco de sangue e levar para o Dr. Adrian. Ele não estava a fim de ser mordido mais uma vez e ter seu sangue correndo nas veias de outra pessoa. Se bem que... Oh, não! Esse pensamento outra vez. Pelos deuses, esse pensamento estava lhe perseguindo. Ele tinha que se afastar de tudo aquilo o quanto antes. Precisava de descanso, de uma boa noite de sono — na verdade, ele precisava era de uma viagem para longe de toda aquela loucura.

Quando parou e se preparou para bater na porta do laboratório, ouviu alguém se aproximando. Respirou fundo e revirou os olhos. Até quando seria atrapalhado por esses idiotas?

— Dr. Gustavo? — Doutor? Desde quando? Ele queria rir, mas evitou e manteve a pose.

— Pois não... — Sua voz saiu firme, e por um momento ele se sentiu verdadeiramente um doutor.

A mulher que estava parada lá era a mulata com o cabelo preso em um coque que o tinha levado até o Dr. Fernando.

— O processo começou... E dessa vez parece que vai ocorrer tudo dentro dos conformes. Precisamos entrar em contato com o Dr. Adrian e como atualmente você é o mais próximo dele...

Gustavo congelou. O tempo parou. Como assim o mais próximo dele? Ele queria perguntar a mulher, entretanto se conteve. Se agisse de tal forma, as conclusões da mulher seriam verdadeiras.

— E como pode ter certeza disso? — Gustavo duvidando. O que era um erro, já que Dr. Adrian tinha conseguido passar pelo processo.

— Inserimos um tipo de elemento junto com o sangue vampírico que provoca um humano a sofrer inúmeras alterações físicas, radicais.

Sei...

— Esse elemento é mutável?

— Ainda não temos como responder essa sua pergunta.

— E quando vão começar de fato a transfusão?

— Após a confirmação do Dr. Adrian.

Gustavo mordia tanto os lábios devido o nervosismo, que só parou quando sentiu o gosto metálico em sua boca. Estava sangrando. Passou a língua no local que supostamente estava ferido.

— Ótimo! Tentarei entrar em contato com o Dr. Adrian e de acordo com sua resposta, todos serão devidamente informados.

A mulher cruzou os braços e fitou Gustavo por um longo tempo. Gustavo fez o mesmo, e foi assim que percebeu o quão atraente era aquela mulher. Sua pele brilhava e seu cheiro era excitante. Nesse instante sentiu algo se movendo dentro de sua cueca. Alguém estava acordando. Pela segunda vez em menos de uma hora. Os lábios da mulher eram carnudos e Gustavo logo começou a ter pensamentos pervertidos de onde aqueles lábios poderiam estar. Jesus Cristo! Agora o membro dentro de sua cueca estava muito duro. Ele queria agarrar a mulher e fazê-la sentir sua excitação. Uma pena que tudo não passava de uma ficção em sua mente. Ele nunca teria coragem suficiente para chegar a tal ponto com essa mulher.

Agora o X da questão não seria ele estar bêbado ou lúcido, mas sim se ela aceitaria ir para cama com ele em algum momento de sua vida. Isso fez com que aquela dura excitação fosse para o brejo. Um banho de água fria. Gustavo desviou os olhos da mulher e respirou fundo. Estava ruborizado sem necessidade. Nenhum dos dois dizia nada, apenas se olhavam.

— Então... — Gustavo começou a gaguejar e então calou-se.

Que otário!

— É... Preciso ir resolver umas coisas. — Finalmente conseguiu dizer.

— Tudo bem! Mande lembranças para o Dr. Adrian. —

Ela sorriu e Gustavo percebeu algo de estranho naquele sorriso. Seria um tipo de malícia? Ele achava que não. Era coisa de seu subconsciente frustrado com todo aquele episódio ilusório dele com a garota fazendo um oral nele. Um episódio que não chegou a durar um minuto.

Capítulo 14

Depois de perder muito tempo deitando como lixo daquela casa carregando seu abusador, Ricardo percebeu em uns sacos perto do lixo e seguiu em direção ao seu carro estacionado à distância. Ele sabia que assim que o sol surgisse na portaria, alguém bateria na porta daquela casa, e comentaria sobre a visita dele com o dia só que ele não se importava mais. Aquela era a última vez que aparecia naquele maldito lugar, lugar no qual sua vida se resumiu em um período inteiro. Se pudesse colocaria fogo naquela casa e esperaria até tudo se tornar cinzas. Ah, como queria apagar de vez o passado e tentar viver o presente à espera do futuro. O importante era que agora ele terminaria o serviço e seguiria adiante.

Ricardo abriu o porta-malas do carro e jogou o embrulho lá dentro de qualquer forma, o que causou um impacto forte. Em seguida, entrou e ligou o carro. Enquanto seguia pela noite, ele pensou em Daniel. Estaria ele fazendo o certo? Talvez. Ele só saberia bem mais. E se batesse o arrependimento. Claro que isso não aconteceria. Muito pelo contrário, ele sentia um tremendo alívio.

Um temporal começou a cair e Ricardo blasfemou, forte chuva estava impedindo sua visão, só que em vez de se duzir a velocidade, ele acelerou muito mais. Ligou o som do carro que começou a tocar *30 Seconds To Mars*. Aquele som o acalmava. Era daquela vibe que ele precisava. Só que aquele momento de ódio e vingança estava se dissipando. As lágrimas começaram a escorrer em seu rosto. Sua fragilidade bateu de forma estupefata. Ao acelerar ainda mais, sua mente só pensou em uma coisa: suicídio. Só dessa forma, todo seu sofrimento chegaria ao fim. E dessa vez não teria um Daniel para salvá-lo, para encarar os Salvadores por sua causa. Ele se transformaria em um nada. Ninguém nunca mais perderia tempo tentando arrumar sua bagunça.

A chuva piorava cada vez que Ricardo acelerava. Ele já estava determinado. O seu fim, seria o fim do tio. Não tinha escapatória. Só assim para ele se libertar e encontrar sua mãe. Seu coração doeu ao pensar na mãe. Que saudade. Era hora de encontrá-la.

"A morte não é o fim. A morte é apenas o começo de uma nova jornada em um mundo além do nosso."

Lembrou-se da última vez que sua mãe tinha dito a frase e agora fazia todo o sentido. Para alguns seria o fim, mas para ele... Seria uma nova jornada do outro lado. A velocidade do carro estava muito além dos 100 km/h. Acelerou a última vez, mas algo aconteceu, e ele teve que frear desesperadamente. Alguém estava parado na frente do carro, debaixo daquela chuva absurda. O carro parou depois de fazer um barulho ensurdecedor. *Filho da mãe!* Quem ousava atrapalhar seu momento.

A pessoa continuou parada na frente do carro enquanto Ricardo buzinava freneticamente. Ele abaixou o vidro do carro e começou a blasfemar enquanto ainda buzinava. A pessoa começou a caminhar em direção a ele. Seu coração começou a bater mais forte ainda quando percebeu de quem se tratava. Aquele andar, aquelas roupas, só podiam ser de uma pessoa.

Capítulo 15

Daniel saiu do quarto de Isabella, com o coração na mão. Não queria deixar aquela garota. Queria conhecer mais sobre ela, e ela conhecer sobre ele (sobre a verdade sobre o vampirismo). Entretanto, ele precisava resolver uma coisa, salvar uma pessoa mais uma vez. Correu rapidamente para o quarto mais próximo que estava vazio, se desmaterializou daquele hospital.

Apareceu no meio da rua, embora a chuva caísse torrencialmente, ele não se importava. Sabia que estava no lugar certo, na hora certa. Sentia que de alguma forma, os Salvadores estavam agindo por trás disso. No final das contas, talvez eles não fossem os vilões. Só queriam manter o equilíbrio das coisas, e a raça escondida dos humanos. Era uma das regras do seu mundo que ele já tinha quebrado. Na verdade, já tinha quebrado várias. Transformar um vampiro era o fim para eles, mas se apaixonar por um da raça inferior, é pena de morte segundo as leis dos Salvadores. Mas Daniel não queria saber disso agora, não estava com cabeça para pensar em regras. Olhando para frente, viu que estava chegando. Um carro correndo o mais depressa se aproximava, e ele não saía da frente. Ele teria que pular a qualquer custo. E foi exatamente o que aconteceu quando o carro estava se aproximando. O barulho do carro freando foi tão ensurdecedor, que se fosse humano, teria estourado os tímpanos. Graças aos *Salvadores* que ele não precisava disso. O carro ficou parado, buzinando e esperando que ele saísse da frente, porém ele não saiu. Depois de um tempo incontável, o vidro da janela do carro baixou, e foi possível ouvir xingamentos. Daniel colocou as mãos no bolso da calça que estava ensopada devido a chuva que caia freneticamente. Seus passos eram calmos e firmes.

Silêncio.

O motorista parou de buzinar e de blasfemar e gritar. Ele já sabia quem estava se aproximando. Daniel parou ao lado da porta do motorista, respirou fundo e então bradou:

— Que merda você está fazendo?

Com as mãos tremulas sobre o volante, Ricardo não conseguia levantar os olhos, para encarar um Daniel enfurecido e puto da vida.

— Depois de tudo que eu encarei. SENHOR! Eu não sei mais...

As palavras se perderam. Daniel também estava tremendo, mas era de raiva por causa do que Ricardo estava fazendo com a nova chance que ele tinha lhe dado. Ok, ele não era nenhum Deus, ou até mesmo Salvador, para que Ricardo lhe devesse a vida, mas também... Consciência meu amigo. Gratidão.

— Ingratidão é a pior coisa que existe debaixo desse céu. O que você estava fazendo?

Daniel percebeu que os olhos de Ricardo estavam repletos de lágrimas. Ninguém disse nada por alguns instantes e então, subitamente, Ricardo começou a bater com força no volante, e gritando e xingando.

Idiota, idiota, idiotaaaaa!

— Pare agora! — Daniel abriu a porta do carro e puxou

Ricardo para fora.

Ricardo caiu no chão, mas Daniel o levantou com sua força e o abraçou forte. Era disso que ele precisava. Um ombro amigo. Ele precisava de um pouco de contato humano. Aceitando o abraço, Ricardo apertou Daniel com força enquanto chorava no ombro dele debaixo da chuva que não amenizava. Depois de um tempo, ele conseguiu se estabilizar. Afastou-se, passou a mão no rosto e disse:

— Eu preciso de ajuda. — Foi difícil para ele dizer aquelas quatros palavras. Mas ele conseguiu dizer, e sentiu um alívio em dizer em voz alta que precisava de ajuda. É extremamente importante parar e pensar, sobre a razão pela qual você acha que precisa de ajuda, e Ricardo tinha várias razões para pedir por ajuda.

— Estou aqui por você. — Afirmou Daniel de todo seu coração.

Ricardo encarava um Daniel que ele conhecera quando fora salvo. Ele sentia saudades daquele homem. Ultimamente ele andava agindo estranho. Afastado, mas esse Daniel que o encarava, era o que ele amava...

Amava... Não acreditou que disse aquilo mesmo que em pensamento. Então, de fato, ele amava Daniel, mas não queria aceitar por medo da rejeição por tudo que ele passara da infância até a hoje. Mas Daniel conheceu seu íntimo quando descobriu que ele tinha sofrido abuso e muitas outras coisas em sua vida. Existem pessoas que ajudam os outros por motivação egoísta e para obter alguma recompensa, como o reconhecimento social, por exemplo. Ou até mesmo por sentir satisfação em fazer o bem, para não se sentir culpado ou simplesmente pela ativação empática diante do sofrimento alheio, mas Daniel era diferente, Ricardo podia sentir. Daniel não se afastou dele quando descobriu seu passado, mesmo que parcialmente, pelo contrário, ele correu em direção a Ricardo na tentativa de salvá-lo mais uma vez. Ele era seu salvador, sua salvação, e ele tinha que ser grato.

— Precisamos ir. — disse Daniel passando a mão no cabelo.

Ricardo não queria, mas precisava dizer o que tinha feito. Se ele assumiu que precisava de ajuda, ele precisava ser franco, verdadeiro.

— Preciso mostrar uma coisa a você... — Ele disse quase que sussurrando, mas graças aos Salvadores que Daniel podia entender.

— Vá para o porta-malas do carro.

Sem entender, Daniel foi até o porta-malas e ficou esperando. Ricardo apertou o botão no painel do carro, e o porta-malas foi se abrindo automaticamente e devagar. Quando abriu por completo, Daniel não tinha entendido. Ricardo foi até o lado dele e então, sem muita emoção disse:

— Esse saco é meu tio.

Capítulo 16

Isabelle não sabia o que pensar sobre o garoto que saiu de seu quarto. Ela tinha dado a entender que ele poderia se retirar. E depois, quando ele se foi, ela pediu que não fosse... tarde demais. Literalmente. Apesar de todos os momentos "bons" que ele tinha proporcionado nesses últimos dias, ela sabia que seu fim estava próximo. A cada dia vivido, um dia mais próximo da morte. Não tinha salvação. Sua morte era certa. Logo agora que ela tinha conhecido o garoto do girassol, o Daniel. Que vida injusta, mas não adiantava reclamar. O que tinha pra ser, tinha que ser.

Sua mãe entrou no quarto com o sorriso de sempre. Ela tinha que fingir ser forte para que Isabelle pudesse ter o conto ainda. Não é assim que as mães agem? Ela sentou ao lado da filha, segurou a mão dela e abortou com força. Isabelle sabia que péssimas notícias estavam por vir.

— O que houve mãe — ela tentou manter a voz firme, mas não aguentou. Ela saiu trêmula.

Silêncio.

— Mãe?

Silêncio.

— Mãe?

Isabelle estava ficando desesperada. As lágrimas escor-

119

rendo de seus olhos. Sua mãe precisava falar alguma coisa.

— Mãe, por favor, fala alguma coisa...

— Eu tentei filha... Eu juro que tentei... — Sua mãe colocou as mãos no rosto e se debulhou em lágrimas.

— Tentou o quê? Pelo amor de Deus, mãe. Fala comigo.

De repente, Isabelle sentiu uma terrível falta de ar. Sentiu como se alguém estivesse apertando seu coração com uma mão tão forte e grande. Parecia que iria desmaiar. Sua visão ficou turva e sentiu uma tontura terrível. Parecia a mesma tontura que sentira no dia que desmaiara na cozinha e fora levada para o hospital as pressas. Um barulho ensurdecedor fez a cabeça de sua mãe se levantar com horror.

— Eu sei o que tenho e sei como é ruim. – Isabelle disse de forma firme. Ela tinha derrubado uma bandeja no chão para chamar atenção de sua mãe, e deu certo. – Sei que você estava falando com o médico. Posso ver nos seus olhos. Eu sei que vou morrer, mãe. Já está marcado. É meu destino. O de todos, na verdade, mas o meu foi antecipado.

Antes que sua mãe pudesse dizer alguma coisa, Isabelle sentiu que sua hora tinha chegado. Estava sentindo a morte se aproximando. Abrindo a porta do quarto e caminhando lentamente em sua direção com os braços abertos. Pronta para o abraço final. Ela sentia seus pelos eriçados. Seu coração doeu ao pensar no garoto do girassol, o Daniel. Iria partir sem se despedir. Sua visão foi ficando turva, e escurecia lentamente.

Ela vem como uma amiga para dar o seu último beijo. Por isso era chamado de O Beijo da Morte. Seu beijo era gélido e doce. Mas tão doce... Doce feito o mel. A visão de Isabelle escureceu e ela desmaiou.

***

A mãe de Isabelle saiu gritando feito uma louca do quarto de sua filha. As enfermeiras corriam em sua direção. Ela apontava para dentro do quarto enquanto lágrimas do tamanho da gota de uma chuva de verão caiam de seus olhos. Depois de alguns segundos, ou minutos, ela não sabia dizer, o médico apareceu correndo feito louco com seu estetoscópio pendurado no pescoço.

Ela observava estupefata enquanto as enfermeiras levavam sua filha na maca para UTI. Era o fim, ela podia sentir. Estava deixando sua filha escapar de suas mãos. Não tinha mais jeito. Ela não podia fazer mais nada. E agora, ela se culpava por não ter acompanhado sua filha corretamente. Era tão difícil. Com seu casamento em declínio, as traições, as bebedeiras do seu marido. Ela estava tão exausta daquilo tudo, cega para colocar um basta e se livrar daquela escravidão que nenhuma mulher merecia carregar, que se esqueceu de seu bebê, sua joia mais preciosa. Agora era tarde. Sua pedra preciosa tinha se partido em pedaços, e não era mais possível consertar.

Ela não queria fazer o que estava pensando, mas era necessário. Não iria carregar aquele peso sozinha. Pegou o celular no bolso, trêmula, desbloqueou a tela do aparelho, navegou até chegar à agenda telefônica, procurou o contato. Quando encontrou, respirou fundo, e então apertou o botão para que a ligação fosse feita.

Capítulo 17

Quando voltou para a sala secreta onde o Dr. Adrian tinha feito a loucura de se transformar em um vampiro científico, Gustavo levou um pequeno susto com a cena que teve diante de seus olhos. O Dr. Adrian terminando de vestir a roupa que ele estava usando antes de entrar na máquina para transformação.

— Dr. Adrian. Tudo... bem...

— Não precisa ter medo. Estou bem... Apenas com muita fome...

Gustavo respirou fundo ao ouvir aquilo e involuntariamente, levou a mão ao pescoço, onde ele tinha sido mordido mais cedo.

— Para onde o senhor vai? — Conseguiu perguntar depois de um tempo em silêncio.

— Tenho coisas para resolver. — Respondeu enquanto calçava seu calçado.

Quando o Dr. Adrian levantou já pronto para se retirar, Gustavo se colocou na frente dele.

— Mas que hora é essa?

lio.

— Não posso deixar o senhor sair feito antes. É muito

lo.

Sem paciência, Dr. Adrian passou a mão na cabeça e respirou fundo. Que seja, ele disse. Deixou que Gustavo o avaliasse. Ouvisse sua respiração, seu coração. A temperatura dele fora medida. Aparentemente tudo estava dentro dos conformes. Exceto umas coisas aqui, outras ali, mas isso era decorrido da transformação. O rosto, as mãos, os pés, e todo o corpo estavam tão bem constituídos, que não poderiam ter estado mais completos em sua vida. Havia um pouco de sangue fresco na boca dele, e ele percebeu Gustavo congelar. Aquilo era o sangue dele. O sangue do Gustavo corria nas veias do Dr. Adrian.

— Sei que o senhor é o chefe por aqui, mas preciso manter o senhor em observação.

Ele rosnou.

— Mas não aqui dentro. Estarei de olho em qualquer sinal errado com o senhor.

Após isso, ele contou tudo que tinha acontecido nesse período em que ele estava "fora". Dr. Adrian ouvia atentamente, mas sua mente estava pensando na próxima vez em que ele beberia um pouco de sangue. Após Gustavo terminar, suas últimas palavras para ele foram:

— Preciso de sangue. Caso você não consiga alguém, vou precisar do seu.

Quando estava se retirando da sala, seu celular tocou. Ele pegou o aparelho, olhou para a tela, viu de quem era a ligação, respirou fundo, e então atendeu:

— O que aconteceu? — Perguntou caminhando enquanto deixava para trás um Gustavo estarrecido.

Capítulo 18

— Como assim seu tio? — Daniel estava em pânico.

A chuva tinha dado uma amenizada. Agora, só uma garoa fraca caía sobre eles. Mas também não adiantava nada, eles já estavam ensopados da tempestade, e também, não ficariam resfriados.

— O tio que abusou de mim. Eu fui à casa dela, e a gente teve um... Acerto de contas.

— Ele está vivo?

— Sim, mas desacordado.

Silêncio, e então a explosão.

— O que você estava pensando em fazer? Você não vê o peso disso para você, e também para mim? Você é minha responsabilidade. A morte de um humano... É o seu fim. É uma das regras dos Sahudver. Ainda bem que ele está vivo, sabe lá que merda você ia aprontar.

— Eu não sabia o que fazer. Eu só precisava mostrar para ele que eu estava bem, que ele não tinha o controle sobre mim, mas... — envergonhado, Ricardo completou — eu fiquei de ainda abusou, me deixar sem ação, eu quase o deixei abusar de mim novamente.

Ricardo caiu em lágrimas, e Daniel abraçou fortemente ele.

— Estou aqui! Estou aqui por você!

Daniel alisou as costas de Ricardo até que ele parasse de chorar. Aquele momento significou tanto para um quanto para o outro. As palavras de Daniel eram tudo que Ricardo precisava. Elas soaram tão verdadeiras.

— Me desculpe, eu...

— Shhhh!

Daniel colocou o dedo nos lábios de Ricardo.

— Não precisa falar nada. Não é sua culpa. Nada disso é sua culpa. Você foi uma vítima, e eu estou aqui por você. Eu... Eu... *amo você.*

Aquelas três palavras, as sete letras e um sentimento. De verdade, Daniel sentiu todo aquele amor por Ricardo. Desde quando tinha o salvado, o tinha feito por amor. Tinha quebrado regras, barreiras por um cara que ele sabia que podia confiar e amar.

— Eu também amo você. — Respondeu Ricardo.

— Mas... — Perguntou Daniel. O jeito que Ricardo tinha dito aquilo, a forma como as palavras saíram de sua boca, deixou claro que tinha um porém.

— Sinto que você está escondendo coisas de mim... Você está se afastando cada dia mais.

Naquele momento, Daniel se lembrou de Isabelle, e de fato, ele estava escondendo alguma coisa, talvez realmente estivesse se afastando, mas não era de propósito. Tudo aconteceu tão rápido.

— Há algo que preciso lhe contar, mas... — Daniel olhou nos olhos de Ricardo e completou — Precisamos resolver sobre seu tio no porta-malas.

Depois de confabularem, ambos decidiram que iriam levar o tio de Ricardo de volta para casa dele, e então Daniel apagaria sua memória. Ricardo concordou em procurar ajuda para tentar quebrar essa barreira que ele tinha construído. Os dois sabiam que seria um caminho muito longo e árduo e a ser seguido, entretanto, Ricardo podia contar com Daniel ao seu lado dia após dia. Eles estavam juntos por toda eternidade.

Chegando à casa do tio, Daniel ajudou Ricardo a tira-lo do porta-malas e levar até a casa. Eles entraram naquela casa escura e colocaram o corpo no sofá. Eles podiam sentir que tinha mais alguém em casa, e Ricardo sabia de quem se tratava: a bruxa, a megera que permitira que tudo aquilo tivesse acontecido com ele.

Ricardo deu uns tapas no rosto do tio para que ele acordasse. Quando ele abriu os olhos, lutou para tentar se livrar daqueles dois estranhos que estavam em sua casa.

— Olá, titio — disse Ricardo se deliciando com a forma que o tio estava. Por baixo, submisso, dependente. — Está gostando? — perguntou enquanto sorria sem mostrar os dentes. O velho blasfemou, falou mal, mas de nada adiantou. Agora era a hora da vingança, de mostrar como ele se sentia.

— Era assim que eu me sentia quando...

Ricardo não conseguiu terminar de dizer o que estava preso em sua garganta, mas ainda assim, ele foi forte. Quando Daniel estava presente ao seu lado, ele sentia todo apoio, toda fortaleza. Como ele não conseguiria tirar as lembranças do próprio tio, fora Daniel quem fizera. Tirar da mente dele tudo que aconteceu naquela noite. A visita de Ricardo, a tentativa do tio de abusar dele novamente, a briga, o desmaio e a invasão. Na verdade, Daniel conseguiu tirar um pouco da lembrança de Ricardo da mente do tio. Ele não teria uma lembrança forte de quem ele era. Saberia um pouco, mas não o suficiente. Após, ele terminar, Ricardo segurou firme da mão de Daniel. Aquele ato significava que Ricardo estava agradecendo pelo que Daniel estava fazendo por ele, e Daniel sabia.

Eles saíram da casa dos tios de Ricardo, e seguiram em direção ao carro. Ricardo sentia um alívio dentro de si, e uma felicidade que não tinha sentido há muito tempo. Depois que estavam dentro do carro, Daniel segurou as mãos de Ricardo. Ele também estava feliz naquele momento. Saber que, parte do peso que seu parceiro sentia tinha sido jogado fora, o deixava daquele jeito. Além de que, agora eles estavam mais próximos, e Daniel sentia que precisava contar a ele sobre seu segredo.

— Preciso te levar a um lugar. — Daniel estava com o coração na mão. Não sabia se tinha tomado à atitude na hora certa. Agora estava nas mãos dos *Salvadores*.

Capítulo 19

Sua vida tinha mudado naquele dia terrível. Quando a morte chegar, eu não aviso, não estamos preparados, a única é vamos. Sabemos que uma hora, ela vem, mas não estamos prontos.

Depois que tinha terminado de cozinhar, Isabelle foi socorrida por uma de suas amigas do clube do livro que batia na porta de carro com seu pai que sorria a dela. Quando encontrou a amiga daquela forma no chão da cozinha, ela gritou, e já no ponto de seu pai sair do carro, e saiu correndo para dentro daquela casa tão estranha para ele.

— Por favor, ajude ela. Vamos levá-la a algum hospital.

Ele pegou Isabelle no colo e correu para o carro com ela. Abriu a porta do banco de trás e colocou deitada, então, voltou para o banco do motorista e acelerou o carro, correu igual um desesperado para chegar ao hospital mais próximo.

Quando chegou ao hospital, a mãe de Isabelle já estava lá a espera. Os socorristas também. Colocaram-na na maca e entraram para a sala de emergência. Horas depois, o médico saiu para dar a pior notícia que uma mãe pode receber. Sua filha vai morrer. Ela teve uma doença terminal, e não vai durar muito tempo...

A mãe de Isabelle estava sentada com o rosto nas mãos. Ela se lembrava daquele dia fatídico em que descobrira que sua filha não duraria muito tempo, e agora, o dia tinha chego. Tinha falado com o pai da sua filha no celular. Pedira para que ele comparecesse ao hospital. Ela era tanto responsabilidade dela quanto dele. Não iria carregar aquela cruz sozinha, além do mais, sua filha precisava se despedir do pai. Se é que tivesse tempo. Horas depois, ele chegou. Ambos se olharam (Tinha algo de diferente nele, ela percebeu, mas não deu importância). Tantos anos de histórias juntos, e agora pareciam dois desconhecidos.

— O que aconteceu? — Ele se ajoelhou e fitou sua ex-mulher. Ela estava tão destruída. As olheiras por não dormir, a fisionomia cansada pela luta incansável por uma salvação para sua filha, e ele estava lá, da mesma forma. Jovem, robusto e... Aquilo não era hora de pensar.

— Você sabe muito bem o que aconteceu. Sua filha não passa de hoje. — Acidez total.

Dr. Adrian sentou no chão e colocou a cabeça entre os joelhos. Não acreditava que aquele momento tinha chegado. Respirou fundo, e então levantou e se afastou da sua ex-mulher. Sua cabeça doía por conseguir ouvir o que as outras pessoas estavam sentindo.

— Porque você sempre foge? Deus! Que tipo de homem eu fui me envolver. Um covarde.

Quando Dr. Adrian olhou para trás, sua ex-mulher estava com os olhos cheios de lágrimas. Ele sabia que ela queria bater nele, extravasar sua raiva. Ele sabia que não tinha sido um bom pai, mas não precisava de um castigo desses. Sua filha morrer. Antes que ele pudesse falar alguma coisa, o médico apareceu.

— Podem entrar, ela está acordada, porém sedada. E

sinto muito, mas...

A mulher desabou em lágrimas, e o Dr. Adrian a segurou.

— Vamos! Você precisa ser forte. Ela não pode te ver dessa forma.

Os dois acompanharam o médico e entraram no quarto da UTI que a filha deles estava em seus últimos momentos.

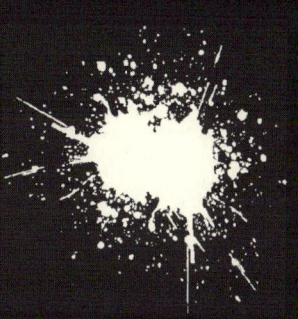

Capítulo 20

O som de algo se quebrando. Os dois se encaminharam ao hospital.

Depois que saíram da casa de tio de Ricardo, eles foram para casa e se trocaram, devido a situação em que estavam, por causa da chuva que tinha pego os dois. Depois que estava tudo ok, eles se desmancharam de casa e pararam no hospital. Ricardo estava sem entender o que estava acontecendo. Mas seguia em Daniel, sendo possível sentir o coração dele batendo de forma acelerada. Ambos seguiram em silêncio um do lado do outro. Pararam na frente da porta do quarto que Daniel segurou a maçaneta, respirou fundo e então abriu. Deu dois passos, estava dentro, mas não tinha ninguém. Nem sinal de Isabelle, a menina que estava morrendo. Ao pensar nisso, caiu na realidade. Sentiu suas pernas fraquejarem, mas se manteve firme. Saiu do quarto e seguiu em direção a recepção.

— Em que posso ajudar? — Perguntou a recepcionista sem ao menos olhar para o rosto de Daniel. O que era bom, dessa forma, não teria que apagar a memória dela para não deixar rastro. Ele sabia que o que estava fazendo naquele momento era uma burrice, mas a gente não manda no coração, não é verdade? Precisava de alguma informação sobre a menina do quarto 056 antes de acreditar que o pior tinha acontecido. Se ela tivesse morrido sem ele se despedir, se culparia para sempre.

— O que aconteceu com a paciente do quarto 056? — perguntou. Sua voz saiu trêmula e não deu muita importância para o que Ricardo pensaria ao seu lado. Já tinha decidido contar a verdade, mas será que não deveria ter contado uma parte antes de irem para o hospital? Deixar ele a par pelo menos de quem era a menina, o que ele fazia todas as noites quando saía escondido? Agora já não tinha muito que fazer.

A recepcionista digitou alguma coisa no teclado sem tirar os olhos da tela do computador.

— Foi transferida para UTI. Às pressas, ela está... — Ela não conseguiu dizer à palavra que faltava para completar a frase, mas Daniel sabia qual seria, entretanto, mesmo assim, sentiu um grão de mostarda de esperança dentro de seu coração.

— Obrigado! — respondeu ele, dando as costas para a recepcionista antes que ela resolvesse olhar para ele.

Ele saiu em direção à sala de UTI. Esqueceu-se de perguntar qual era a sala que Isabelle estava internada. Tudo bem, ele procuraria uma por uma até encontrar ela. Quando entraram no corredor que estava vazio, Ricardo puxou Daniel pelo braço e o pressionou na parede.

— Que merda está acontecendo aqui? O que estamos fazendo aqui? É aqui que você sempre vem escondido de mim? É isso que você vem mantendo em segredo?

Uma enxurrada de perguntas que Ricardo sabia a resposta dentro de seu interior. Mas precisa ouvir da boca de Daniel o que estava acontecendo.

— Quem é Isabelle?

Daniel se afastou de Ricardo e abaixou a cabeça. Respirou fundo, puxou Ricardo pelo braço. Estava levando ele para fora do hospital. Não podia contar tudo ali dentro e ver um Ricardo surtado em um ambiente hospitalar, onde as pessoas estão lidando com seus problemas internos. A porta automática se abriu quando eles se aproximaram. Os dois saíram. Daniel na frente puxando Ricardo ainda pelo braço. Quando estava a uma distância significativa da porta, Daniel o soltou. Ficaram olhando um para o outro por alguns segundos. Ricardo cruzou os braços na espera de que Daniel falasse alguma coisa. Daniel colocou as mãos no bolso da calça, respirou fundo e então começou a falar.

— Sim! É aqui que eu venho todas as noites, ou a maioria delas. Tudo aconteceu de forma tão surreal. Quando em vi estava aqui sempre por causa dessa garota que eu conheci.

— Isabelle... — disse Ricardo.

— Sim, ela mesma. — continuou Daniel — Ela está morrendo e eu estava ajudando ela sem ela saber até o dia em que... Ela me descobriu.

Daniel continuou contando tudo que tinha acontecido entre eles. Os sonhos, os girassóis, a descoberta, a troca de palavras depois que ela o descobriu.

— Você a ama? — De forma curta e grossa Ricardo fez a pergunta que Daniel não queria que fosse feita.

Silêncio.

— Responde! — gritou Ricardo.

— Eu acho que sim.

Ricardo gargalhou, e gargalhou. Não conseguia se conter até que virou para Daniel e disse:

— Você não acha. Você a ama. Ninguém faz isso tudo se não for por amor. Ninguém quer ajudar um desconhecido se não for por amor. — Ricardo parou refletindo um pouco e continuou — a menos é claro que você tenha o complexo do Super-Homem e queira salvar todo mundo, o tempo todo.

— Eu te amo, Ricardo, mas... Eu acho que amo Isabelle também. E agora não sei o que fazer.

Daniel levou as mãos até o rosto. Ricardo se aproximou dele e o abraçou.

— Eu também te amo e quero te ver feliz, mesmo que não seja comigo. Preciso trilhar meu caminho mesmo que não seja com você. Você me ajudou, me salvou... Eu serei eternamente grato. Eu preciso de você, mas você precisa ser feliz.

Aquela confissão deixou Daniel sem fôlego. Ricardo se afastou de Daniel e olhou para ele.

— Vá! Vai salvá-la.

— Tem certeza?

— Por favor, vá!

Daniel olhou mais uma vez para Ricardo (*talvez a última?*), se virou e entrou de volta correndo no hospital.

Capitulo 21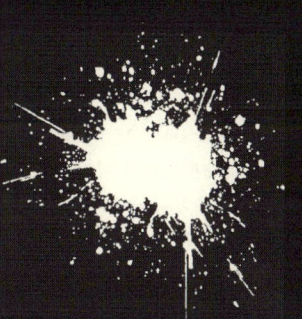

O celular do Dr. Adrian toca e ele se retira de cu perto da filha. Ele pega o aparelho, não reconhece o número, e atende assim.

— Dr. Adrian, quem gostaria?

A voz do outro lado disse alguma coisa que o fez gelar.

— Entendo perfeitamente. Algo aconteceu no laboratório e passarei para o Senhor nos relatório. Desculpa, o atraso é que...

A pessoa do outro lado da linha disse alguma coisa e então desligou, sem permitir que ele se justificasse. Ele entrou no quarto. Tinha que voltar para o laboratório com urgência. O Chefão precisava do andamento do processo o quanto antes, e ele estava ali com a filha morrendo. E ele... não, não, não, não levaria sua filha para ser cobaia daquele projeto, mesmo que fosse para talvez a vida dela.

Ele se aproximou da cama da filha e beijou sua testa.

— Desculpa, — sussurrou — Desculpa por tudo.

Esse era seu adeus. Olhou para sua ex-mulher.

— Preciso ir. Sinto muito.

Quando estava se retirando ouviu a voz da sua filha.

— Eu te amo, pai.

Seus olhos encheram de lágrimas. Ele não merecia a filha que tinha (*será que por isso estava perdendo ela?*), e muito menos a esposa que tinha (*na verdade, não tinha mais*). Ele já tinha perdido tudo de mais precioso que um homem poderia ter. Sua família.

— Mãe... Acompanha o papai, por favor — respirou fundo por causa dos remédios — e aproveite e coma alguma coisa. Estou bem. Pode ir, por favor, por mim.

Minutos depois que seus pais saíram, Isabelle sentiu certo alívio. Não queria que seus pais a vissem definhando, chegando ao fim. Queria logo que o universo a levasse para onde ela estava predestinada. Não aguentava mais ver o sofrimento de sua mãe desde o dia em que desmaiara na cozinha de casa, e recebera a péssima notícia de que estava morrendo. O mais engraçado nisso tudo era que tinha o lado bom da coisa. Conheceu um garoto em seus últimos dias de vida, e ele tinha sido tão gentil e afável. Levando girassóis para mostrar que alguém estava ali por ela. Todas as coisas cooperaram para o bem, pensou e sorriu. Estava feliz por tudo, apesar de não ter aceitado o que tinha acontecido com ela, entretanto não tinha mais o que fazer.

Ouviu alguém abrindo a porta do seu quarto. Ela fechou os olhos para fingir que estava dormindo.

— Isabelle?

Aquela voz. Seu coração bateu tão forte que pensou que iria morrer naquele momento.

— Eu sei que está acordada.

Respirou fundo e abriu os olhos.

— Daniel.

Ambos queriam se abraçar, mas não podiam.

— Estou morrendo.

— Posso te salvar.

Me salvar? Isabelle pensou. *A medicina não conseguiu.*

— Impossível. Fui selada com a morte.

— Não, não é impossível. Eu provavelmente fiz tudo isso da maneira errada. Olha, eu sei o quão difícil vai ser para você acreditar em mim, mas preciso que você acredite. A minha raça arranjou um jeito de fazer que tudo fosse apenas um conto de fadas, uma ficção, um mito para impedir que os humanos acreditem, mas somos reais.

— Do que você está falando?

— Eu sou um vampiro.

Silêncio. Novamente quebrando as regras dos *Salvadores* por causa de alguém.

— Talvez seja melhor... você simplesmente... ir embora. Não estou no clima para brincadeiras.

— Por favor, acredite em mim. Eu estou te contando a verdade. Eu juro. — Ele encarou o rosto dela por um momento. Conseguia ver a incredulidade em seus olhos. — Está bem. Eu não queria fazer isso, mas... Eu preciso te provar que não estou de brincadeira com você. Eu quero te salvar.

Ele se aproximou de Isabelle, respirou fundo ao sentir o cheiro dela, aquele cheiro singular que só ela tinha. Inclinou-se e então mostrou os seus dentes pontiagudos, da forma que eles surgem quando os vampiros estão com muita fome. Foi então que deu tudo errado. Nada aconteceu da forma que ele tinha planejado na própria cabeça. Isabelle começou a gritar e gritar. Daniel tentou acalmá-la, mas foi sem sucesso. A situação só piorou e ela começou a gritar por socorro. Daniel ouviu passos se aproximando. Eram as enfermeiras. Quando uma delas segurou na maçaneta da porta para abrir, Daniel desapareceu da frente de Isabelle como se fosse mágica.

— Ele estava lá. — disse apontando para o lugar que Daniel estava antes de sumir. — Ele disse que era um vampiro e quando chamei por socorro ele desapareceu.

As enfermeiras se entreolharam, e depois olharam na direção de uma paciente histérica. Só podia ser alucinação devido a enorme quantidade de remédios que estavam no organismo dela, e, infelizmente, elas teriam que aplicar um pouco mais.

Enquanto as enfermeiras aplicavam mais remédios em uma Isabelle histérica, Daniel observava tudo do vidro com o coração na mão. Teria que agir de outra forma já que dessa não deu certo. Tudo era tão incerto, a única certeza era que Daniel iria salvar Isabelle a qualquer custo.

Capitulo 22

Dr. Adrian chegou ao laboratório o mais rápido que pode, e, sendo vampiro recente (e científico), ainda não conseguia se materializar e desmaterializar de um lugar a outro. Caminhou o mais rápido que conseguia. Se o Chefão estava no laboratório era sinal de que algo bom a sério deu ou dado errado. Sentiu uma forte dor no estômago, respirou fundo, e seguiu em frente. Entrou em uma sala ampla, e pegou um jaleco que estava a sua espera. Vestiu, tentou ficar apresentável, mas sem sucesso. Estava nervoso. Agora ele sabia como os outros se sentiam quando ele aparecia, ou dava algum tipo de bronca. A lei do retorno, estaria pagando por tudo: o fim de seu casamento, a doença terminal de sua filha, e agora o encontro com o Chefão. Tinha evitado esse encontro ao máximo e agora não tinha escapatória.

Encontrou sua secretária no meio do caminho, e ela o informou que ele estava na sala do Dr. Adrian esperando por ele. Respirou fundo, mas tão fundo que sentiu aquela dor no estômago, mais uma vez. Agradeceu a sua secretária, e observou ela sair rebolando. Estava tão nervoso que não deu muita atenção para isso. Deu meia volta e seguiu para sua sala. Quando chegou à porta, respirou, expirou e então entrou.

O Chefão estava sentado em sua cadeira de contemplar

a porta. Antes que ele dissesse alguma coisa, a cadeira virou, e lá estava ele. O dono do projeto, o criador de uma nova raça vampírica.

— Então você é um deles. — disse o Chefão. Sua voz era afiada como a ponta de uma faca amolada.

Dr. Adrian não conseguiu dizer nada. Congelado.

— Como você conseguiu essa proeza?

Apesar da voz firme e afiada, o Chefão era jovem, alto, forte, esbelto e bonito. Sua fisionomia era maligna, e o deixava ainda mais atraente, parecido com aqueles bad boys dos livros de romance. Seus cabelos negros, cortados no estilo militar, caiam como uma luva para ele. Um cara que talvez sua filha gostasse? Mas ele como pai aceitaria um cara como ele para sua filha?

— Usei-me como cobaia.

— Óbvio, senão você não seria um deles. — Respirou fundo e levantou da cadeira seguindo em direção ao Dr. Adrian. Quando estava cara a cara com ele, o analisou de cima a baixo, pediu que ele abrisse a boca para olhar seus dentes vampíricos, em seguida, olhou os olhos deles como um doutor a procura de sintomas da anemia.

— Você não vai durar muito tempo. Se durar vai ser um milagre.

— Como assim?

— Durante minha longa vida, eu transformei várias pessoas em vampiros, e algumas não suportaram a transformação. Morreram. Outros tinham o sistema imunológico tão bom que era surreal a adaptação. O Vampirismo para ciência é um vírus que o sistema imunológico combate para proteger o organismo. Mas diferente das doenças humanas, se seu sistema imunológico for bom, você não se cura você se transforma. E se for ruim... Morre. — ele deu de ombros, como se não se importasse com nenhuma daquelas pessoas que já morreram por causa dele.

— E porque eu vou morrer?

O Chefão respirou fundo, impaciente.

— Fui informado de que o processo havia começado e precisava de seu aval, eu dei. Foi inserido um tipo de elemento, junto com o sangue vampírico, que provoca inúmeras alterações físicas, radicais. A primeira cobaia deu certo. Está em observação. Se tudo ocorrer como planejado, eu terei meu primeiro vampiro científico. O Governo está me cobrando isso, e odeio ser cobrado por erro dos outros. — Ele caminhava pela sala como um professor explicando o tema da aula — Voltando... Você não tem esse elemento, então é provável que você não dure muito tempo. Você não foi mordido/transformado por um Vampiro Original ou Puro, você cometeu a tolice de transferir o sangue de um vampiro para seu organismo, e isso vai ter consequências. Seu corpo vai rejeitar e vai começar a definhar. É parecido com os humanos quando o corpo rejeita um transplante, ou fazem transfusão com o tipo de sangue errado.

Ele parou atrás do Dr. Adrian, tão próximo que sentia a respiração do Chefão em sua nuca. Se manteve firme. Seu coração batendo aceleradamente.

— Já está sentindo dor?

Dr. Adrian não respondeu, mas sabia que sim. A dor no estômago que sentiu não podia ser apenas estresse. Ou seria? Talvez o Chefão estivesse certo, e seu corpo já tenha começado a rejeitar o sangue do vampiro. Tolo, totalmente tolo, porque não pegou um de seus subordinados para fazer de cobaia, mas não, quis ser o fodão, mostrar para o Chefão que tinha conseguido. Uma piada.

— Sim, uma piada. — disse o Chefão após ler seus pensamentos — Posso te ajudar. Não costumo ajudar ninguém, mas você se manteve fiel por bastante tempo.

— Do que você precisa?

O Chefão gargalhou ao ouvir o que queria ouvir. E sua gargalhada era tão afiada quanto uma navalha. É tão bom quando conseguimos as coisas sem muito esforço, pensou ele.

— Eu quero a sua filha. Eu sei que ela está morrendo, e quero dar uma chance para ela. Quero que ela esteja ao meu lado quando eu ascender com meu exército de Vampiros Científicos no Exército Brasileiro.

Tudo que o Dr. Adrian não queria ouvir.

— Certo! Só preciso de um tempo.

— Você precisa ser rápido. Tem trazê-la antes que ela morra.

Dr. Adrian fez que sim com a cabeça e o Chefão desapareceu daquela sala como em um passe de mágica. Alguns segundos depois de processar o que o Chefão havia pedido, ele gritou e gritou de ódio. Não queria perder sua filha para morte, mas também não queria sua filha ao lado daquele sádico. Porém precisava daquele emprego e da salvação. Estava morrendo e não era sua hora ainda. Dr. Adrian jogou tudo que estava em sua mesa no chão. Não sabia o que fazer. Estava dividido entre a razão e o coração.

Capitulo 23

Daniel se apressou para sua casa após o que tinha acontecido com Ricardo e Isabelle. Estaria perdendo o juízo? Tinha dois bilhetes nas mãos e ainda pensava sobre os dois. Respirou fundo. Precisava de uma bebida. Seguia sendo Daniel. Ele amava Ricardo de verdade, mas também amava Isabelle. Seu coração podia sim pertencer aos dois. Mas como faria para manter os dois no mesmo lugar? Como ele manteria um relacionamento com aqueles dois? Benditos sejam os *Salvadores*. Precisava de uma luz em sua vida. Caso contrário estaria sem rumo, sozinho, estava perdendo Ricardo para Isabelle. Castigo dos *Salvadores* por ter burlado as regras e as leis capas. Eles eram tão vingativos, apesar de serem do bem.

Ao chegar ao barzinho, Ricardo já estava lá, ele segurava um copo de uísque.

— E então, como foi — perguntou do jeito que estava de costas para Daniel.

— Pessimo. Ela sumiu. Não acreditou em nada. É daí que eu sumisse da frente dela.

— Silêncio. Ricardo abriu um rápido sorriso. Saíra mais isso ela acontece.

— O que você vai fazer agora, você quebrou as regras mais uma vez.

Daniel não queria pensar naquilo agora. Já tinha quebrado uma vez, quebrou de novo, e quebraria novamente se Isabelle aceitasse ser transformada em vampira.

— Eu não sei, Ricardo. Estou de mãos atadas. Eu quero salvá-la. Preciso de sua ajuda.

Daniel observou Ricardo levantar e se virar. Estava sem camisa, e usava um daqueles shorts para academia. Ricardo alguns passos na direção dele e ficaram cara a cara.

— Que tipo de ajuda? Por que ela?

Daniel passou a mão no braço de Ricardo e desceu até chegar a sua mão que não segurava o copo de uísque. Ricardo respirou. Sentiu seu corpo eriçar com aquele toque.

Tanto tempo que eles não se tocavam de verdade. Tão perto, tão longe. Ele encarou o rosto de Daniel por um momento, então disse:

— Está bem. Eu não queria fazer isso, mas... — Ele se inclina mais para perto de um Daniel que não se esquiva, mas que pode sentir o que esta por vir. E então os lábios deles se tocam. Daniel segura firme na nuca de Ricardo e se beijam. Um beijo intenso e fervoroso. Um beijo que faz renascer tudo que estava apagado entre eles. Um beijo que faz fortalecer o elo e a parceria. Um beijo que reacende o tesão, o fogo. Um beijo que afirma que eles estão juntos nessa e nas próximas para todo o sempre. Enquanto eles se beijam é como se nada em volta deles existisse. São um só.

Quando eles se afastam ambos estão excitados, mas isso não importa agora. O que importa é que Ricardo vai ajudá-lo a convencer a garota a qualquer custo.

Daniel sorri, segura o rosto dele e beija seus lábios rapidamente. Ele está eufórico e ansioso. Não vê a hora de que tudo ocorra bem e que eles estejam juntos para sempre. Eles se preparam para se desmaterializar e irem para o hospital, mas então a casa começa a tremer. O barulho de trovoadas surge de forma ensurdecedora e uma névoa branca paira no local em que eles estão. Eles já estavam esperando por isso, mas não agora. Acreditavam que demoraria mais. As silhuetas de três pessoas surgem da fumaça, e eles sabem de quem se trata.

Os Salvadores.

Capítulo 24

Quando as três silhuetas se materializaram naquele plano, os trovões pararam. Três figuras altas, caminharam em meio a neve que desaparecia e então parou. Ficou parada, naquele cômodo, olhando para os três garotos. A Salvadora Suprema deu três passos e cruzou os braços. Ela olhava um a um, severa, mas aquelas inspetoras, lhe de única de coletas. Seus imensos cabelos lisos estavam solto. Os três usavam roupas completamente brancas.

— Péssima hora para vocês ficarem sozinhos... — disse Daniel.

Gargalhadas. As gargalhadas da Salvadora Suprema eram tão fortes e altas quanto um trovão. Quando ela gargalhava era como se trovoasse.

— Se estamos aqui é por culpa sua. Mais um a vez você atrapalhando nosso trabalho, e interferindo na ordem natural das coisas. Você não cansa garoto? — Ela fitava Daniel com seus olhos azulzinhados.

Um Salvador, cercou de olhos pratiados ficou no púlpito da Salvadora Suprema para que ele se acalmasse. Se ela ficasse muito nervosa poderia acontecer alguma coisa com a mãe natureza. Sim, eles tinham o poder de mexer com os elementos naturais, assim como manipular o tempo, ou até mesmo apagar qualquer vampiro da existência. Transformar em cosmos, pó, nada. Um Salvador é tão forte quanto 1000 vampiros ou até mais.

— Você contou nosso segredo para uma humana. De novo! Até quando?

Silêncio.

O Salvador careca de olhos prateados ficou lado a lado com a Suprema e então disse:

— Calma, Gabriella. Você precisa entender o lado dele.

— Não, Serafim! Por atitude como essas que nosso equilíbrio não se mantém. Nós temos que manter o equilíbrio, ou, caso contrário, tudo foi em vão. Vocês não entendem a gravidade?

Enquanto Gabriella, a Salvadora Suprema, era extremista e rude. Serafim era sábio, e apesar de gentil, e ouvinte, não tolerava que as coisas não ocorressem como o planejado. Ele odiava atrasos.

— Tudo precisa ser entendido. O que levou você a agir dessa forma, Daniel? — Perguntou a terceira Salvadora de forma paciente e acolhedora. Ela era ruiva e tinha um ar bastante angelical. Seus olhos dourados eram calmos. Diferente de Gabriella com seu semblante sempre bravo.

Gabriella bufou em alto e bom som.

— Pelos céus, Ariel. Você não pode passar as mãos na cabeça desse garoto todas às vezes!

A terceira e última Salvadora, Ariel. Ela era calma durante uma crise e ela pode ser considerada como a Salvadora da paz. Tem paciência, é muito organizada, calorosa e acolhedora. Ela não era como os outros Guardiões em termos de temperamento e personalidade.

— Ela estava morrendo. Eu queria dar uma chance dela viver. — disse Daniel de forma melancólica. Na tentativa de convencer os Salvadores de alguma forma.

— Você ainda tem a audácia de falar isso na minha cara? Você queria salvá-la também? Já não basta esse garoto? Quem você pensa que somos? Se estiver escrito para ela morrer, ela tem que morrer.

Gabriella cruzou os braços e olhou para os outros dois guardiões.

— Gabriella tem razão, Daniel. Não podemos interferir. Existem forças acima de nós. Mesmo sendo os Salvadores e tendo várias capacidades, temos nossas limitações. — completou Serafim.

Gabriella olhou para ele com um ar de quem sempre tinha razão. Ela tinha que ster pulso firme, caso contrário, os humanos poderiam descobrir sobre a raça e o caos estaria feito. Era preciso manter o equilíbrio e fim de história.

— Mas eu preciso...

— Não! Você já sabe o preço por quebrar as regras. Eu deveria puni-lo nesse exato momento por ter quebrado a regra essencial: Mortais não devem conhecer nossa existência. — A voz de Gabriella estava alterada a ponto dos quadros e móveis começarem a tremer dentro daquele cômodo.

Ariel surgiu na frente de Gabriella para evitar que algo saísse de controle. Quando ela estava irritada, algo de ruim podia acontecer.

— Eu prometi...

Ariel se aproximou de Daniel e segurou as mãos dele. Ele sentiu uma força acolhedora dentro de si, uma paz que não tinha explicação.

— Não vamos contrariar Gabriella, por favor... — Ela olhou dentro dos olhos de Daniel e conseguiu entender — Eu sei que você a ama, assim como você ama esse garoto, mas você não pode ir contra as regras...

— Só dessa vez, eu prometo. — Os olhos dele estavam cheios de lágrimas. Seu coração estava apertado. Ela queria chorar, gritar para os Salvadores que tudo isso era muito injusto.

— Você usou exatamente essas mesmas palavras na outra vez. Quem garante que você não vai querer salvar alguém no futuro? — Ariel colocou a mão no coração de Daniel e então disse: — Você tem um coração bom, Daniel, mas não pode salvar todo mundo. O ciclo da vida humana precisa acontecer, não podemos interferir. Para salvar a vida dela alguém tem que pagar o preço, e dessa forma, o equilíbrio é restaurado.

Ariel se afasta e abre um sorriso triste para Daniel. Ela queria ajudar ele. Ela sabe que o amor sempre vence, mas não podia permitir que as regras fossem quebradas. Ela era uma Salvadora e tinha que seguir as ordens. Mas se pudesse...

Os três Salvadores ficaram lado a lado. Juntos eles faziam parte dos anciões. Apesar de não serem tão velhos, eles eram antigos. Ariel abriu as mãos e uma força brilhante pairava sobre ela. Em seguida, ela passou essa força para Gabriella que apagou fechando a mão.

— Você teve um de seus dons retirado por castigo. — disse Gabriella de forma firme — Você não pode mais se desmaterializar de um lugar a outro.

Daniel estava petrificado. Não era possível uma coisa dessas... Se eles achavam que ele iria implorar pelo poder de volta eles estavam enganados. Ele tinha outra forma de visitar o hospital.

— Que seja! — disse de forma bruta — agora se me dão licença... — uma pausa — tenho coisas para fazer.

Ele deu as costas para os *Salvadores* e seguiu para o outro cômodo. Ricardo o seguiu sem dizer nada (como estava desde a chegada dos Salvadores). Gabriella fechou as mãos com força pronta para lançar alguma coisa em direção a Daniel, mas foi impedida por Ariel e Serafim. Odiava a petulância e desobediência da raça. Os três desapareceram daquele cômodo deixando-o vazio como se nada tivesse acontecido.

Capitulo 25

A corrida contra o tempo havia começado. Agora que Daniel tinha desafiado os Salvadores (mais uma vez), provavelmente iria ser castigado de qualquer forma. Mas, pensou consigo mesmo, foi qual ai os nobres movimentos, iria salvar aquela que fez seu coração bater mais forte ao pensar no amor. O amor era tão engraçado. Como podia amar duas pessoas ao mesmo tempo? Era possível amar duas pessoas ao mesmo tempo? Poderia estar apaixonado por ambas sem trair nenhuma delas? Amava Ricardo de forma avassaladora, e amava aquela de forma inexplicável.

Todavia, ainda existia uma barreira. Ricardo e Isabelle vão sentir alguma coisa um pelo outro, ou simplesmente vão agir como amigos? Haveria problemas de ambas as partes por questões de preferências? Daniel colocou a mão na cabeça. Que seja justo! Pensou. Respirou fundo, levantou da cama e saiu do quarto. Desceu as escadas firmemente pensando nos seus dois amores, torcia para que tudo ficasse certo entre eles três. Torcia para que Isabelle, caso ele a deixasse ser transformada na raça. Precisava tê-la em sua vida para se sentir completo. Ricardo e Isabelle o completavam de tal forma que ele não sabia explicar.

Quem garante que você não vai querer salvar alguma na

futuro? Lembrou-se das palavras de Ariel quando parou em frente a Ricardo que estava sentado a mesa jantando. Segurou a cadeira e fechou os olhos por alguns segundos.

— Não conseguiu dormir? — Perguntou Ricardo após retirar o garfo da boca e colocá- lo de volta no prato.

— Não parei de pensar... — começou a falar. Parou enquanto arrastava a cadeira e sentava em seguida. — Em tudo que está acontecendo. Você, Isabelle, os Salvadores, a retirada de um dos meus dons.

Silêncio.

— Você viveria como humano por causa de Isabelle... De nós dois?

Daniel ainda não tinha cogitado tal coisa. Conseguiria viver como humano? Nunca experimentou tal coisa. Viver de forma limitada. Saber que tem um prazo, que pode pegar uma doença terminal assim como Isabelle. Seria forte o suficiente para passar pelo que ela está passando? Talvez... Se estivesse com as pessoas certas ao seu lado. Se estivesse com seus dois amores tudo seria mais fácil.

— Sim! — respondeu monossilábico.

— Você realmente nos ama?

— Amo, mas... — Não conseguiu completar a frase. O amor era algo tão complicado que vai além da nossa capacidade. Amar vai além de colocar a pessoa acima de tudo e fazer o que pode por ela. O amor é algo complexo demais para ser explicado.

Silêncio.

Ricardo segurou as mãos de Daniel e apertou em sinal de apoio.

— Eu te amo. — Disse Ricardo.

O coração de Daniel se encheu de uma luz inexplicável.

— Eu também te amo. — Respondeu com total sinceridade. — Não consigo ter uma definição concreta do amor, mas sei que se dá de diversas formas e é uma das coisas que me faz seguir. Salvar você, salvar Isabelle são coisas que me fazem amar. Amo ter te salvado e te dado uma nova oportunidade, e amo saber que posso salvar Isabelle da morte.

— Eu aceito — respondeu Ricardo.

Daniel olhou de forma confusa para Ricardo. Não estava entendendo do que ele estava falando.

— Eu aceito viver com você e Isabelle.

Um momento rápido de satisfação surgiu dentro de Daniel. Sentia-se plenamente feliz e realizado. Isso se chamava felicidade. Era isso que ele estava sentindo. Levantou rapidamente da mesa e seguiu em direção a um Ricardo que já estava de pé. Se abraçaram. Um abraço genuíno, verdadeiro e cheio de amor. Um sentia o calor e os batimentos cardíacos do outro. Nesse momento eles eram apenas um. Ou dois terços de um. Outra parte ainda estava faltando para que de fato eles se tornassem completos.

— Obrigado — sussurrou Daniel.

— Eu que agradeço. — Rebateu Ricardo lembrando rapidamente de tudo que ele tinha vivido até o momento em que fora salvo, e em seguida, lembrando os momentos pós-salvação. Tinha sido tão ingrato. Agora era hora de recompensar o tempo perdido. Sentiu algo que não sentia há muito tempo. Era disso que ele precisava para seguir em frente, e estava.

Eles se afastaram um do outro.

— Vamos — disse Ricardo enquanto puxava a mão de Daniel que continuava parado.

— Para onde? — perguntou atônito.

— Salvar Isabelle — gritou jogando a chave do carro para o alto e pegando de volta.

Capítulo 26

Isabelle estava infeliz, era uma infelicidade que vinha de dentro de sua pele. Vinha de seu coração. Se ela tivesse ainda um coração, ela estaria chorando. Seus olhos já tinham secado, estavam tão cansados de derramar lágrimas e já não tinham mais nenhuma. Como podia sentir tanto medo, achar que alguém iria gostar dela, nos seus últimos momentos. Como que não se queria fazer chorar, ela, vampira? Meu Deus! Que loucura! Ela não tentava pensar muito naquilo, não, mas, seria possível. Ela era mais feliz quando estava dormindo, sonhando, um sonho mais suave era a beleza de seus sonhos.

Isabelle suspirou e pressionou seu rosto contra a dor. Estava tão cansada, saturada. Seria tão mais simples se ela simplesmente tivesse morrido, evaporado, feito poeira cósmica. Ela não sabia de que precisava, porém ela sabia que não estava recebendo. Um som suave veio do corredor. Passos. Passos de pelo menos duas pessoas. Respirou fundo, sentindo um medo crescendo dentro de si. Não sabia que não estava pronta para o que estava por vir. O vento soprou uma leve canção. Uma leve e quase imperceptível batida na porta. Dentro de seu ser, ela sabia que não estava livre daquele pacto. Fechou os olhos e fingiu que estava dormindo, ouviu a porta da porta se abrindo suavemente.

— Isabelle você está dormindo? Posso entrar?

Silêncio.

Isabelle apertou os olhos com força e manteve o corpo imóvel. Simplesmente vá embora, por favor. Pensou. Ele estava entrando, sem esperar por uma resposta. E alguém estava com ele.

— Sou eu, o Daniel. Eu queria te pedir desculpas. — silêncio — Eu agi por impulso. Eu só queria te mostrar que existe uma forma de você sair dessa. — mais silêncio — Só quero te ajudar.

Isabelle percebeu que a respiração dele estava fora do normal. Ele estava nervoso. Manteve os olhos fechados. Alguém se aproximava da cama dela. E não era Daniel. Ouviu o som de uma cadeira sendo puxada, e, em seguida, o som de alguém se sentando.

— Isabelle, você não me conhece. Eu sou o Ricardo. O que Daniel diz é verdade. Ele pode te salvar como me salvou.

Ele trouxe mais um para compactuar com a gozação. Pensou ela com raiva.

— Vai embora! Eu odeio você! – vociferou.

— Por favor, me deixe falar com você. – disse Daniel em tom de súplica.

— Por favor, faça isso, Isabelle. Apenas ouça ele. — Ricardo estava intervendo para tentar fazê-la entender a situação.

Isabelle virou com toda raiva e gritou ainda mais.

— Sumam daqui! Deixe-me morrer em paz

Em seguida começou a chorar de forma avassaladora. Era possível sentir a dor que emanava em cada lágrima que ela derramava. Daniel estava se aproximando da cama, mas foi impedido por Ricardo. "Vá", ele disse sem emitir som. "Espere

Espere lá fora, por favor.". Com o semblante triste ele fez que sim e se retirou do quarto.

— Ele já foi. Agora somos só nós dois. —disse Ricardo.

— Quem. É. Você? — perguntou ela com todo ódio na voz.

— Primeiro eu preciso lhe contar uma história, e depois respondo todas as perguntas que você quiser, inclusive, eu desapareço daqui se você quiser, mas, por favor, me ouça. Isabelle fez que sim com a cabeça. Se ajeitou na cama ficando sentada, cruzou os braços e começou a ouvir a história de Ricardo desde o começo.

Capítulo 27

Dr. Adrian sentiu uma dor terrível. Queria gritar, se jogar no chão feito uma criança, mas se manteve firme sentado em sua mesa. Estava acontecendo. Seu corpo estava rejeitando o sangue do vampiro que ele tinha usado no teste. Como queria voltar no tempo e desfazer tudo aquilo, desde o começo. Queria estar com sua filha nesse momento terrível da vida dela. Queria salvá-la, mas não da forma que tinha lhe proposto. Não conseguia imaginar sua filha ao lado daquele vampiro. Eric era mal, perverso e ambicioso. Não era o parceiro que tinha imaginado para sua filha, mas ainda assim, ele tinha certeza absoluta de que sua filha não aceitaria aquilo.

Talvez.

Precisava convencê-la de que seria provisório. Sim. Quando ele conseguisse o sangue ideal para vencer isso que estava acontecendo com ele, acharia uma forma de resgatar sua filha e sumirem para fora do país.

Tinha tudo esquematizado. Agora era só colocar em ação.

Dr. Adrian levantou da cadeira sentindo novamente uma dor insuportável. Seguiu caminhando com dificuldade até a porta, mas antes parou para pegar o paletó, novamente pensando... avisando que ela estava ali. Respirou fundo, vestiu o paletó.

abriu a porta e seguiu para o laboratório. Seu celular tocou. Ele pegou o aparelho. Número desconhecido. Já sabia quem era.

Atendeu.

— E então? — perguntou a voz do outro lado da linha.

— Tudo certo. — respondeu Dr. Adrian. Tinha que manter o disfarce. Não podia arriscar deixar que o Chefão descobrisse seu plano. Sua apunhalada nas costas.

Ligação encerrada. Precisava entrar em contato com a filha antes dele. Precisava deixar ela por dentro de tudo que estava acontecendo. Seria um baque? Oh sim, seria. Mas ela terá que superar, pensou. Pelo bem de sua salvação. Procurou um contato na agenda, apertou o botão de efetuar chamadas e esperou que a pessoa do outro lado da linha atendesse.

Capítulo 28

Ambos estavam com os olhos marejados. Isabela, deitada em sua cama, e Ricardo, sentado ao lado dela, havia contado toda história de sua vida. Do começo aos dias atuais, e ela chorou com todo o sofrimento que ele carregava. "Estou livre" ele disse após contar sobre a salvação que tivera, e logo em seguida entrou no assunto do mundo dos vampiros.

— E minha mãe? — ela perguntou preocupada. Ricardo segurou as mãos dela com força e sumiu.

— Uma coisa de cada vez, mas é provável que você tenha que se afastar dela.

— Mas... — ela começou dizendo, e então lembrou que iria perder a mãe para sempre quando chegasse a hora de ir embora desse plano. Então se houvesse um jeito de sua mãe saber que ela estaria viva e bem com o garoto do girassol, seu coração pulou de alegria. Uma chance. Existe uma chance. Alguém entrou no quarto. Era Daniel. Ele se aproximou de Ricardo, e colocou a mão no ombro dele.

— Você tem certeza disso? — Ricardo perguntou a Isabela.

— Não, não tenho, mas...

Ricardo levantou da cadeira e fez sinal de que iria se retirar do quarto para deixar os dois à vontade, porém Isabela pediu que ele ficasse. Que ela precisava do apoio dele.

— No meu mundo há regras. – disse Daniel firmemente – Um deles é não dizer aos humanos que ele existe. O outro é o que eu vou fazer com você. Salvá-la.

— Não se preocupe com isso. – disse Ricardo ao perceber a fisionomia de preocupada em seu rosto — Ele já é experiente nesse assunto.

Sorriu.

Daniel fechou a porta do quarto com a força do pensamento e sentou no lugar em que Ricardo estava. Pegou a mão de Isabelle e sentiu seu corpo formigar quando eles se tocaram. Em seguida, ele tirou à jaqueta deixando seu braço a mostra e então passou a unha ao longo de seu pulso. Onde a unha cortou, o sangue jorrou. Era um vermelho tão forte e vivo.

— Depois que você tomar o meu sangue, você vai "morrer", e então quando você retornar vai começar o processo. É um processo doloroso, mas você é forte.

Daniel então aproximou seu pulso em direção a Isabelle. Ela segurou, seus lábios se abriram e sua respiração veio mais rápido. Estava acontecendo. Ela iria se transformar em uma vampira. Que loucura. Pensou enquanto sugava aquele sangue. Era tão natural, tão fácil. Como se ela já tivesse feito aquilo antes. Ela sugava avidamente. Ambos sentiam uma ligação, uma proximidade. Daniel sorriu enquanto Isabelle tomava tudo sem reclamar. Ela sentia o gosto do sangue, a força e a vitalidade que percorria através dela, aquecendo todo seu ser.

"Eu te amo", ela ouviu através da mente dele. E aquilo lhe encheu de felicidade. Ela se sentia desejada, amada da forma que ela estava/era. E isso era bom. Como ela podia algum dia ter desconfiado dele?

Ela nunca conheceu ninguém da forma como ela conheceu Daniel. Involuntariamente, seus olhos foram para direção de Ricardo que estava encostado na parede com os braços cruzados. De alguma forma, ela sentia que podia amá-lo também. Ela sentia-se tão próxima dele. Por conhecer seus defeitos, suas fraquezas e seus medos. "Você é muito especial", ela pensou para ele, e sentiu seu pensamento aceito, amado.

— É o suficiente. — disse Daniel afastando o pulso suavemente dos lábios de Isabelle. Ela sorriu.

— Você está melhor. — ela ouviu a voz de Ricardo. Ela se sentia melhor, mais viva.

— Precisamos resolver algumas coisas. — Daniel agora estava sério.

— Sobre minha mãe?

Ele fez que sim.

— Você não vai poder viver com ela. Infelizmente. Os Salvadores nunca permitiriam uma coisa dessas. É preciso viver em nosso mundo.

Houve um silêncio, durante o qual Daniel pôs sua mão sobre a dela.

— Seria melhor irmos agora. – Daniel falou olhando para Ricardo que fez que sim com a cabeça.

— Você vai ficar bem? – Ricardo perguntou a Isabelle. Ela fez que sim. Ela ia ficar bem.

Eles se olharam por um momento e, em seguida, os dois se retiraram do quarto dela.

Capítulo 29

A mãe de Isabelle tinha acabado de encontrar a ligação com o pai dela. Respirou fundo, ela tinha fugido, porque que ajudava vê-la. Raivosa, e principalmente com a culpa (física e psicológica) da filha. Depois de tanto tempo afastada, agora queria se reaproximar. Tentar resgatar o tempo perdido. Tarde demais. Não tinha mais jeito, sua filha estava morrendo.

Ela colocou o celular no bolso e seguiu para o quarto da filha. Quando estava no corredor, a caminho, viu dois jovens passar do seu lado, tão cheios de vida. Poderia ser sua filha, mas não, era o que o universo tinha escolhido para ela. Graças ao psicólogo que o hospital tinha disponibilizado, ela conseguiu "aceitar" a ida da filha. Na verdade, nenhuma mãe aceitava a perda de um filho. A ordem natural das coisas são os filhos enterrarem os pais e não o contrário.

Chegou à porta do quarto, respirou fundo mais uma vez, fora o que mais ela fazia nesses últimos dias. Seu olhar magoado e aterno, sua filha estava com os olhos fechados, porém estava respirando. Alívio.

— Filha?

Ela abriu os olhos.

— Como você está?

— Estou um pouco melhor, mãe.

Isabelle estava tão triste agora.

— Seu pai quer vê-la.

Ela assentiu.

— Mãe... — começou Isabelle. Ela não podia falar diretamente com a mãe sobre o que tinha acontecido, mas de alguma outra forma ela poderia. — E se houvesse um jeito de eu ser salva?

O que ela mais temia. Que a filha tivesse esperança em algum tratamento. Ela sentou na cadeira onde Daniel estava sentado momentos antes e fitou sua filha em silêncio.

— Se existisse uma cura para mim, mas eu não pudesse viver mais ao seu lado?

— Se existisse, eu diria para você aceitar. Mesmo longe, eu saberia que você estaria bem e salva.

Silêncio. Isabelle se arrependeu de ter tocado nesse assunto com sua mãe.

— Desculpa, mãe.

— Não tem problema, minha filha. É totalmente aceitável esse tipo de pensamento.

Isabelle queria chorar. Ela teria que deixar tudo para trás. Toda a sua vida humana. Ela começaria um novo futuro com dois estranhos sem nenhuma ideia do que estava à sua frente. Tudo o que ela podia fazer era confiar neles... E confiar em sua própria capacidade de se adaptar a essa nova fase que era ser vampira. Sempre pensou que esses seres fossem obra ficcional, mas agora estava ela se transformando em um deles. Que ironia. O que não fazemos pela sobrevivência.

— Eu te amo, mãe. — Sempre se lembre disso.

Sua mãe não aguentou e começou a chorar, gritar e amaldiçoar tudo que tinha permitido sua filha estar naquela forma. Não aceitava de jeito nenhum. Estava cansada de ser forte. Fingir que estava superando tudo. Não estava. Nunca iria superar perder seu bem mais precioso.

— Mãe, por favor, fique calma. — Isabelle começou a apertar botão até que uma enfermeira apareceu. — Por favor, ajude minha mãe. — A enfermeira chamou por ajuda e mais duas apareceu para segurar a mãe dela. Aquilo doía. Não aguentava mentir para sua mãe. Vê-la sofrendo daquele jeito sendo que existia uma forma dela sobreviver.

Isabelle começou a chorar e pedir desculpas a sua mãe enquanto observava as três enfermeiras a levando para algum lugar. O que Isabelle não sabia era que as próximas horas seriam as piores da sua vida.

"Você fez o seu melhor, mãe."

Capítulo 30

Na noite seguinte ao conselho desastroso da mãe de Isabella, Dr. Martin chegou ao hospital com bom humor para agir, contar à sua filha sobre o vampirismo e outras coisas, só quando estivesse com paciente por um certo período de tempo. Só até conseguir a cura, ele parou na recepção e informou que ia para o quarto de sua filha. A recepcionista pediu para que ele aguardasse só um instante, e logo depois um enfermeiro apareceu e deixou a par de tudo que tinha acontecido com sua ex-mulher. Quando o enfermeiro pediu licença e se retirou, ele agradeceu a recepcionista e seguiu em direção ao quarto de Isabella. Tudo estava acontecendo a seu favor. Sentiu uma forte dor, que o fez parar e se apoiar na parede. Respirou fundo várias vezes e massageou o local que doía. Nada resolveu, porém não tinha muito que se fazer, precisava seguir em frente. E seguiu. Quando chegou à porta do quarto, ele pensou consigo mesmo se era isso que ele deveria fazer. Usar sua filha para conseguir a cura. Será que ele estava fazendo isso por ele mesmo, ou pela filha? E se o plano desse errado? Passou a mão na cabeça e respirou. Abriu a porta e chamou pela filha. Silêncio. Não havia ninguém no quarto. O equipamento médico estava caído no chão. Talvez ela tivesse tentado levantar para ir ao banheiro sozinha. Chamou por ela mais uma vez. Sem resposta. Foi até o banheiro. Ela não estava lá. Estranho. Se tivesse acontecido alguma coisa fora do normal, a recepcionista ou até mesmo o enfermeiro o teriam informado. Ele saiu do quarto e seguiu de volta para recepção. Conversou com a recepcionista que não sabia de nada anormal que pudesse ter acontecido com Isabelle. Ela pediu que ele aguardasse que iria verificar no quarto que a mãe dela estava. Talvez ela estivesse lá. Ele agradeceu e disse que esperaria no quarto da filha. Quando chegou próximo ao quarto, seu celular tocou. Número desconhecido. Sabia de quem se tratava. Atendeu.

— *Pensou que poderia me enganar?* — perguntou a voz do outro lado da linha.

— Do que você está falando? — perguntou atônito.

— Achou que eu não descobriria seu plano? — Gargalhadas — Eu estou sempre à frente de vocês. Sua filha já está comigo.

— O que? — ele gritou.

Dr. Adrian se sentou na cama, o coração batendo mais rápido que o normal. Não podia ser verdade.

— Isso mesmo. — disse a voz e desligou.

Deus, o que tinha sido isto? Estou tendo alucinações?

Dr. Adrian jogou o celular na parede e começou a chorar. Teria que consertar essa burrada e salvar sua filha. Levantou da cama, pegou o celular do chão, e saiu do quarto correndo. Iria direto para o laboratório para então começar a pensar em um modo de reverter à situação na qual tinha colocado sua filha. Correndo pelo corredor, sentiu uma dor avassaladora que o percorria do estômago até a cabeça. Continuou correndo até que chegou ao salão principal e não suportou a dor. Caiu no chão tendo uma convulsão. Alguém gritou ao presenciar a cena e a recepcionista chamou urgente por alguns enfermeiros, que prontamente surgiram com uma maca. As coisas estavam totalmente fora de controle. Sua filha sequestrada, sua ex-mulher sedada e agora ele estava indo ser medicado por causa da maior burrice que tinha cometido em sua vida. Injetar sangue de vampiro.

Capitulo 31

Izabelle estava sonhando.

"Sonhando que estava em um campo repleto de flores com cores vivas. O ar era tão límpido e suave, ela se sentia renovada. Corria por entre as flores feliz por tudo que estava acontecendo. Ela corria e corria, até que não pôde mais. Não conseguia sair do lugar. Olhou para baixo e viu que tinha uma corrente presa em sua perna esquerda. Quando olhou para trás se assustou com o tamanho da corda. "Socorro!", gritou mais ninguém ouvia. "Socorro!", gritou novamente e então começou a chorar de desespero. Isabelle estava sozinha e o vento estava rugindo tão forte. As nuvens estavam se acotovelando no céu. Ela queria acordar agora, mas ela não conseguia. Estava sozinha e assustada. Uma angústia correu através dela. Estava presa dentro de seu próprio sonho.

***

Isabelle acordou. Ela se sentia perdida. Seu coração batia de forma frenética. Aquele sonho tinha sido horrível. Sentiu um calafrio. Olhou ao redor e então notou que não estava em seu quarto de hospital. Respirou fundo e se surtar.

— Olá! — gritou. — Alguém? Silêncio.

Levantou da cama e correu até a porta. Tentou abrir, mas estava trancada. Bateu na porta com o pouco de força que tinha. Segurou os ferros da porta. Silêncio. Encostou-se à porta e desceu até ficar sentada no chão. Passou as mãos no cabelo. Onde estava? O que tinha acontecido? De alguma forma ela pensou em Daniel e Ricardo. Em tudo que tinha acontecido, o sangue que ela tinha tomado dele. E a transformação em... se recusava ainda a falar a palavra. Assustada, dobrou os joelhos e os abraçou com força. O que aconteceria quando a transformação estivesse completa e ela precisasse do Daniel? Ela se lembrou de algo que Ricardo tinha contado. Sobre sentir o outro, a telepatia e tudo mais. Então, ela levantou e começou a andar de um lado para o outro naquele lugar frio. Pensou em Daniel. "Socorro" gritou em pensamentos. De alguma forma ela sabia que ele sentiria aquele pedido de socorro. Um rápido barulho chamou atenção de Isabelle. Um envelope tinha sido colocado por debaixo da porta. Receosa, caminhou até lá, se agachou e então pegou. Era um envelope pardo e pequeno. Abriu ele. Dentro tinha um pequeno recado.

Ela jogou a carta no chão e gritou. Em seguida abraçou o próprio corpo. Precisava sair daquele lugar de alguma forma. Quem era aquele louco e o que estava fazendo? E se fosse alguma brincadeira sem graça do Daniel e do Ricardo. Um teste talvez. Ela olhou ao seu redor, e continuou parada abraçando a si mesma. Não queria acreditar que aquilo tudo era um teste, um jogo daqueles dois. Eles não fariam isso com ela. De forma nenhuma. Ela tinha certeza. Não sabia como, mas tinha. Clamou por socorro mais uma vez e começou a chorar de desespero.

Daniel sentiu.

De alguma forma ele sentiu que Isabelle estava precisando de ajuda. O copo que estava segurando caiu de sua mão, mas não deu tempo de chegar até o chão, pois Ricardo agiu com rapidez.

— O que houve? — perguntou assustado. Daniel estava pálido. Assustado.

— Daniel? O que está acontecendo? — Ricardo estava segurando os ombros dele com força.

— Isabelle está em perigo. — disse

— Ainda não deu tempo de começar o processo de transformação.

Daniel se afastou de Ricardo.

— Não é isso. Ela está em algum tipo de perigo. Eu sinto. Precisamos ir ao hospital.

Ricardo olhou para o relógio. Faltava pouco para o pôr do sol. Infelizmente, teriam que esperar até o escurecer. Ele deu o copo de volta a Daniel para que ele tomasse um gole de bebida. "Vai ficar tudo bem" ele disse para tentar anemizar a situação. "Estamos juntos nessa" continuou dizendo e os dois se abraçaram.

Ele fez um desamparado e indefeso gesto.

— Mas o que eu faço agora? Eu não posso ficar aqui parado...

— Precisamos esperar o cair da noite.

Daniel sentou no sofá, Ricardo sentou logo em seguida. Ambos estavam apreensivos sem saber o que fazer até pôr do sol.

Capítulo 32

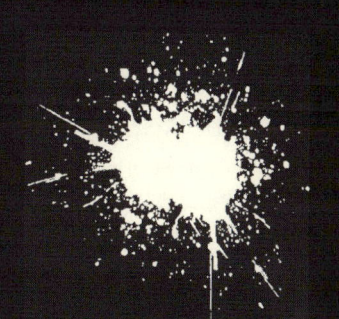

Os dois chegaram ao hospital discretos. Dispararam-se bloquearam o carro correram para a entrada do hospital que estava cheia de policiais. Alguma coisa ainda não tinha parado. Daniel, sentindo seu coração apertar, pensava em entrar de alguma forma sem que fossem barrados pela polícia. O que diria? Estou aqui como visitante, diria. E quando a polícia fosse investigar com a recepção... Melhor evitar ainda mais exposição da face. Ricardo informou que iria tentar pelos fundos, a entrada dos funcionários. Ficou parado por tempo até que finalmente alguém saiu. Ele conseguiu segurar a porta e entrou de supetão. Segurou a porta e colocou uma pedra que ele tinha encontrado enquanto esperava alguém sair. Caminhou o mais rápido que conseguia (humanamente falando) até o salão principal do hospital. Fez sinal para que Daniel fosse para entrada de funcionários. Minutos depois, Daniel surgiu ao lado de Ricardo. Se fora do hospital tinha muitos policiais, dentro então... Estava repleto. Os dois seguiram para o quarto de Isabella, mas não encontraram ninguém. Na verdade, apenas um policial parado na porta de braços cruzados e cara fechada. Os dois deram a volta suavemente. Ricardo se bateu em um momento ato que nem ao querer e pediu desculpas. Quando olhou para trás viu que ele...

homem tinha parado na porta do quarto de Isabelle e falava com o policial. Os dois esperaram ele voltar cabisbaixo para o salão principal do hospital.

— Senhor? — Chamou Ricardo, e quando o homem se virou ele sentiu. Sentiu que tinha algo de diferente nele. Dentro do seu ser. Sangue de vampiro corria nas veias dele, e, além disso, ele estava mal. — Está precisando de ajuda?

O homem fez que não e continuou caminhando. Ricardo o acompanhou, e Daniel o seguia.

— Eu sei o que você é. — disse sem rodeios — e sem quem é sua filha. O homem virou trêmulo.

— Vocês estão aqui a mando dele? — perguntou. Sua voz saia fraca. De fato ele não estava nada bem.

— Estamos aqui para ajudar sua filha, Isabelle — disse Daniel rapidamente enfatizando o nome da filha dele para que ele soubesse que ambos sabiam sobre ela, e em seguida completou: — precisamos conversar.

Atônito e sem rumo, o homem fez que sim com a cabeça e eles se afastaram de toda aquela confusão que estava no hospital.

— A propósito, sou Adrian. Dr. Adrian. E minha filha foi sequestrada. — ele disse com os olhos repletos de lágrimas. Culpava-se ainda mais por tudo que estava acontecendo. *Estúpido egoísta.*

Quando os três estavam afastados de toda confusão e devidamente acomodados, Daniel e Ricardo começaram a contar sobre o que e quem eles eram. Daniel enfatizou bastante sobre como conheceu Isabelle e o que faria para ajudá-la, até que contara a ela sobre o vampirismo e a cura para o mesmo. Dr. Adrian ficou sentado apenas ouvindo. Não tão surpreso, pois ele já sabia sobre o fato de que existiam vampiros entre eles. Quando o silêncio pairou sobre os três, Dr.

Adrian começou a contar tudo. E a cada palavra que ele dizia era um alívio que tirava do peito. Esconder todo aquele segredo o estava matando, assim como o sangue de vampiro que estava percorrendo suas veias. Ricardo e Daniel ficaram apenas ouvindo-o falar sobre o exército de Vampiros Científicos para o Exército Brasileiro, sobre a burrada que ele tinha cometido de injetar sangue vampírico em seu organismo, e principalmente (e ainda mais importante) sobre o pedido do Chefão de ficar com Isabelle e transformá-la em vampira para viver ao seu lado. Ao ouvir aquilo, Daniel sentiu seu sangue ferver, e seus dentes apareceram. Ricardo, o acalmou para evitar ainda mais exposição.

— Precisamos fazer alguma coisa. — Foi Ricardo quem falou.

— Que seria? — perguntou Daniel sem entender.

— Eu tenho um plano. Vamos! — Ricardo levantou e aguardou que os outros dois levantassem para segui-lo.

Capítulo 33

Os três chegaram ao laboratório de caldo, mas apenas o Dr. Adrian entrou. Depois que passou o crachá e a porta fez o sinal de liberação, ele deixou com que entrassem, e ficou dentro. Caminhou vagarosamente, sentindo a dor voltar, ainda mais forte. Além de mais, ele não podia deixar a suspeita de que algo estava acontecendo. Precisava agir normalmente. Chegou à sua sala, sentou na cadeira e respirou de alívio. Pegou o telefone, discou um ramal e após três toques, alguém atendeu. Ele pediu que chamassem o Gustavo. Minutos depois, ele surgiu na sala do Dr. Adrian.

— E então, como estamos? — perguntou Silencio.

— E então? — Dr. Adrian já estava perdendo a calma.

Depois de um tempo em silêncio, Gustavo conseguiu falar. Ele contou ao Dr. Adrian que o Chefão tinha aparecido lá para verificar como estava tudo. É uma bela cravada para concluir o trabalho. Quando tudo tinha sido finalizado, ele liberou algumas pessoas para casa alegando que o serviço já havia terminado e que não precisava mais dos serviços, e informando que os devidos valores seriam creditados na conta bancária e cada uma receberia uma carta de recomendação para futuros trabalhos. Quando tinha apenas mais alguns funcionários, ele saiu com uma garota muito bonita, ele os

tava dormindo nos braços dele. Ele achou que ninguém tinha visto, mas Gustavo tinha visto. Ele tinha se agachado para pegar uns papeis que tinha caído no chão, e antes que levantasse ouviu vozes, e se escondeu embaixo da mesa até que o Chefão tivesse saído de lá.

— Então você sabe onde a garota está? — perguntou Dr. Adrian cheio de esperanças.

Gustavo fez que não. Enquanto ele continuava a falar com o Dr. Adrian, Ricardo e Daniel entravam no laboratório usando o crachá. Daniel sentia dentro de si que Isabelle estava naquele lugar. Graças à troca de sangue, ele conseguiria localizá-la. E precisava fazer isso com rapidez, antes que ela começasse a transformação, e ele não estivesse lá para fornecer a outra dose de seu sangue. Depois que a porta fechou atrás deles, Ricardo ficou estupefato com aquele lugar subterrâneo. Nunca desconfiaria que o Governo estivesse trabalhando em algo debaixo da terra. Eles desceram uma escada que deu em um lugar com muitas camas. Ricardo não queria pensar na loucura que acontecia ali. Ele precisava seguir em frente e encontrar Isabelle. Estava apreensivo, e desesperado, mas não demonstrava. Tinha que ser o alicerce de Daniel nesse momento. Precisava continuar fingindo ser forte. Entretanto, não estava pronto para o que estava por vir. Não saberia como iria agir se encontrasse Isabelle morta devido à falta de sangue em seu organismo. Daniel estava ao lado dele sem dizer nada. Encontraram uma escada, e desceram os degraus de dois em dois. Ricardo estava mandando seus pensamentos à sua frente, recusando-se a acreditar no que seus próprios sentidos diziam a ele. Ela tinha que estar lá. Não queria ver seu Daniel sofrendo, em negação como ele estivera durante muito tempo. Encontraram uma porta. Uma ponta de esperança. Daniel olhou para Ricardo e então ele abriu a porta com o crachá. Uma sala repleta de camas, como a anterior. Daniel ainda não queria acreditar. Ele correu em volta, a procura de Isabelle em algum lugar, mas sem sucesso. Ele sentia em seu íntimo que ela estava ali. Mas onde?

Isabelle estava frustrada. Primeiro que não sabia o motivo de tudo aquilo. Segundo que não sabia de quem se tratava. E terceiro, e não menos importante, sentia uma dor terrível que começava em seu estômago, e percorria os outros órgãos. Fazia horas que ela estava sentindo aquela dor, e uma fraqueza. Não conseguia acreditar que iria morrer naquele calabouço. Tinha sido enganada por Ricardo e Daniel. Como podia ser tão burra? Estava cansada de clamar por socorro. Estava sentada em um canto escuro abraçando os joelhos. Estava preocupada com sua mãe. O que ela iria pensar? Como ela estaria naquele momento? Será que já se deu conta do sumiço dela? Silêncio total. Ela só ouvia o som do seu coração. Fechou os olhos. Não sabia como, mas de alguma maneira, ela ouviu algo. Pisadas. A voz de alguém. Bem longe. Tentou levantar, mas não conseguiu. Se jogou no chão e começou a se arrastar. No meio do caminho, encontrou uma pedra. Pegou-a e segurou firme. Continuou se arrastando. A dor continuava crescendo e crescendo. Sede. Sentia sede, mas não era de água. Precisava beber algo quente, suculento e com gosto de ferro. Ela se recusava a pensar naquela palavra. Estava quase próxima da porta. Estava chegando. Faltava pouco. *Sangue*. Era disso que seu organismo precisava. Estava morrendo. Óbvio, idiota.

Chegou à porta e respirou fundo. Com bastante difi-

dificuldade, ela conseguia levantar. Segurando na porta até que estava de pé. Segurando nas grades da porta. Gritou por socorro. Sua voz falhou. Sua garganta estava seca e era como se estivesse fechando. Piscou. Linhas de escuridão pairavam em suas vistas. Estava começando a crescer aquelas linhas. Ficando cada vez mais grossas. Pensou em Daniel e Ricardo. Apesar de parte de seu ser pensar que era coisa deles, a outra parte (talvez a vampírica) sabia que eles iriam salvá-la. Primeiramente por ela, e depois por eles, ela jogou a pedra através das grades com força e gritou antes que as linhas grossas em suas vistas crescessem e tomasse conta de tudo. Sem forças, Isabelle desabou no chão, desacordada, quase sem vida.

Capítulo 34

Eles tinham desistido daquele lugar. Sem resultado. Nenhum sinal de Isabelle, mas ainda assim, Daniel não queria sair dali. Alguma força o prendia àquele ambiente. Ricardo se aproximou dele e o fitou. Ambos se abraçaram. Daniel quase chorou. Em seguida, ele começou a falar algo, mas Ricardo dedo indicador nos lábios dele em sinal de silêncio.

— O quê? — Daniel sussurrou.

— Você não ouviu? — Perguntou Ricardo.

Daniel fez que não com a cabeça. Em seguida segurou no ombro de Ricardo com força.

— O que houve? — A voz de Ricardo saiu cheia de preocupação.

— Não consigo sentir Isabelle. Não sei explicar, é como se ela... — Ele se recusava a dizer a palavra.

— Nós vamos encontrá-la. Ela está aqui. Eu sei. Nosse cômodo.

Ricardo deu mais uma volta naquele lugar. Tinha escutado um barulho. E era por ali, não podia ser em outro lugar fora daquele lugar. Começou a gritar pelo nome de Isabelle e bater nas paredes. Daniel seguiu o exemplo dele e começou a fazer o mesmo, até que os dois chegaram a uma parede que falava e bateram, entraram, não olhou para nada.

outro. Bateram novamente. O coração de Daniel parecia estar correndo, mas sua mente estava clara. Tinha algo por trás daquela parede. Depois de muito esforço e sufoco finalmente eles conseguiram encontrar uma forma de abrir aquela parede.

Após aberta, eles olharam e viram que tinha uma escada imensa. Além de ser só escuridão. Daniel desceu correndo pensando em como encontraria Isabelle. Ricardo desceu logo atrás com um medo tão grande que percorria toda sua espinha dorsal. Quando chegaram ao fim da escada, Daniel percebeu que só havia uma porta. Ele correu para a porta e começou a gritar por Isabelle. Ele segurou nas barras e tentou ver dentro. Ele se virou para Ricardo com a fisionomia pálida.

— Ela está aqui. — Daniel disse, e em seguida, se virou para a porta. Gritou o nome de Isabelle várias vezes, mas o corpo dela permanecia imóvel. Ricardo correu para o lado de Daniel e então eles conseguiram arrombar a porta. Ambos não acreditaram no que viram: Isabelle caída no chão sem vida. Daniel correu em direção a ela e a segurou. Começou a chamar o nome dela, mas ela não acordava. Ele olhou para Ricardo e fez que não com a cabeça. Sem pensar muito, ele perfurou o próprio pulso e levou em direção à boca de Isabelle. Esperou que o sangue descesse pela garganta dela e penetrasse seu ser para que ela pudesse voltar. Esperou por um tempo. Sem reação. Colocou mais sangue na boca de Isabelle, mas sem novidade. Ricardo colocou a mão no ombro dele, e apertou os lábios. Daniel começou a gritar e blasfemar. Não podia perder alguém que amava tanto. Ele apertava o corpo sem vida de Isabelle em seu peito enquanto clamava aos Salvadores por ajuda mesmo sabendo que não seria ouvido.

Passos.

Quando olhou para frente viu uma pessoa. Era Ariel, a Salvadora. Seus cabelos ruivos estavam presos em um enorme rabo de cavalo. Daniel não estava acreditando naquilo. Não era possível que eles iriam aparecer só para jogar na cara dele que agora o equilíbrio estava restaurado.

— Daniel... — A voz de Ariel era calma. Naquele momento transmitia uma paz irreal a Daniel. E ele precisava daquela paz.

— O que vocês querem? — Ele perguntou entre lágrimas. Segurou Isabelle com mais força ainda.

— Eu vim te ajudar, mas você precisa entender que algo deve ser entregue em troca.

Daniel não estava entendo o que a Salvadora Ariel estava dizendo.

— Eu vou salvar a garota, mas preciso de algo em troca. Ou alguém. — Daniel percebeu que ela olhava para Ricardo. Não! Não podia deixar que ela o levasse de forma nenhuma. Ele precisava dos dois ao seu lado. Um só não faria sentido algum.

— Não. Não posso concordar com isso, de forma alguma. — Daniel ergueu a mão para Ricardo que a segurou com força.

— É preciso, Daniel.

— Não. Eu já disse que não. Eu não vou perder você de forma alguma. Não posso aceitar.

Ariel deu alguns passos e ficou de frente para os três. Ela entendia que Daniel amava os dois, e o quanto eles eram importante para ele, porém, precisava manter o equilíbrio. Não podia simplesmente salvar Isabelle e não ter algo em troca.

— Então, infelizmente, não poderei te ajudar. — Ela disse com a voz de pesar.

Ela estava pronta para desaparecer daquele lugar quando uma voz disse em tom de pergunta:

— Pode ser eu?

Todos os três viraram a cabeça para a porta. Dr. Adrian estava parado lá com uma fisionomia péssima. Estava tão branco que parecia um fantasma.

— Mas preciso me despedir de minha filha. — ele estava olhando firme para Ariel.

Ariel olhou para Ricardo, e depois para Daniel e fez que sim com a cabeça. Aceitaria Dr. Adrian em troca da salvação de Isabelle. Dessa forma, o equilíbrio não seria quebrado, e a vida seguiria seu rumo.

— Isso significa muito. — As palavras saíram da boca de Daniel enquanto ele olhava firme para Dr. Adrian. — E... Obrigado.

Ariel simplesmente mexeu os braços e então todo aquele lugar escuro ficou branco, e todos puderam sentir a energia da vida pairando pelo lugar.

Capítulo 35

Isabelle abriu os olhos.

Estava surpresa com a quantidade de gente que estava a sua volta. Daniel, Ricardo, seu pai, sua mãe... E uma mulher ruiva que ela não conhecia. Ela se sentiu amada. Abriu um rápido sorriso. Sentiu-se diferente. Era como se algo de ruim tivesse sido tirado dela.

— Você está curada — era a voz de sua mãe.

Isabelle olhou para Daniel e Ricardo que estavam de mãos dadas, e abriu um rápido sorriso. Eles tinham sido sua cura. E ela seria eternamente grata.

Ricardo limpou sua garganta.

— Se você precisar de alguma privacidade com sua mãe e seu pai...

Ela fez que sim com a cabeça. Todos os outros se retiraram e enfim os três estavam ali. Pai, mãe e filha. A família.

— Eu não sei o que te disseram mãe, mas eu estou muito bem, e estou feliz.

A mãe dela estava chorando. Não queria deixar sua filha ir, mas precisava. Iria doer? Sim, mas estaria feliz sabendo que sua filha estava bem.

— Eu preciso falar algo a vocês. — era Dr. Adrian. — Eu preciso ir embora também. Dessa vez para sempre. É preciso que eu vá para que você possa ficar filha. Desculpa por tudo que eu causei de ruim a vocês duas. — Ele virou e olhou para ex-mulher que ainda chorava. — Sei que isso que eu estou fazendo não vai compensar o mal que causei, mas já é um começo.

— O que você está falando pai? —perguntou Isabelle sem entender o que estava acontecendo. — Quantos dias eu estou dormindo?

— Eu já sei de tudo, filha. Sobre os garotos. O que eles são. É difícil de acreditar, mas seu pai também me contou sobre tudo que aconteceu. É tão triste eu ter que deixar você ir, mas... Eu sei que estarás bem. Seu pai se sacrificou por você. — Ela olhou para o ex- marido e sorriu. — Faz uma semana que você está dormindo.

Alguém bateu na porta e abriu logo em seguida. Era Ricardo.

— Chegou minha hora. — disse Dr. Adrian — Eu te amo minha filha. Perdoe-me por tudo. — Ele foi até Isabelle e a abraçou. O último abraço.

— Também te amo, pai.

Ele se afastou da filha. Fez sinal de agradecimento para ex-mulher que estava de braços cruzados, e seguiu. Deixando mãe e filha sozinhas. Minutos depois, Daniel e Ricardo entraram.

— É nossa hora. — disse Ricardo.

A mãe de Isabelle voltou a chorar e correu para abraçar a filha.

— Eu te amo, mãe. Eu sempre amarei.

Ambas eram gratas por terem tido a oportunidade de darem um último abraço. Um último adeus. Infelizmente a vida não é assim. A mãe de Isabelle se voltou para os garotos e então disse:

— Obrigada por tudo. Cuidem bem dela.

— Nós que agradecemos a você. — Disse Daniel e então a abraçou, poischorava novamente, agora em seu ombro.

— Tome conta dela, dele... — disse apontando com a cabeça para Ricardo e então continuou: — E de si mesmo.

Epilogo

Semanas haviam se passado. Os três estavam sentados no alto de uma torre, observando a grande cidade. O vento gelido chicoteava o rosto de cada um deles, enquanto falavam sobre o laboratório que estava criando vampiros cientificos.

— E o que aconteceu? — perguntou Isabella curiosa.

— Destruímos tudo com a ajuda dos Salvadores — respondeu Ricardo. — Eles ficaram tão presos quando descobriram. Não deixaram pontas soltas pela confusão que eles continuaram, atualizando Isabella sobre as coisas. O sacrifício que seu pai tinha feito em troca da vida dela. Da Salvadora que burlou as regras para propor aquela única saída. Não encontraram quem estava por trás dos vampiros cientificos. Os poderes de Daniel foram devolvidos depois de muita intercessão de Ariel com Gabriella. Mas ele tinha que ser avisado de que se quebrasse mais alguma regra ele seria destruído. Ricardo estava em acompanhamento por causa de todo trauma que tinha vivido, e estava satisfeito com resultado. Enquanto Daniel falava intercalando com Ricardo, Isabella se sentia grata. Mesmo sentindo muita falta de sua mãe, ela estava feliz. Teve uma segunda chance. Agora é uma vampira. Não tinha mais algo lhe impedindo de quem poderia salvar. Tivera uma nova oportunidade. Uma segunda chance.

_____

Agora era uma vampira. Não tinha mais algo lhe matando por dentro. Estava salva. Tivera uma nova oportunidade. Uma segunda chance. Tinha ao seu lado dois garotos maravilhosos que ela amava. E ela podia simplesmente agradecer a Deus, aos Salvadores, ou a quem quer que fosse por isso.

— Tenho algo para vocês. — disse Ricardo se levantando. Daniel e Isabelle se levantaram em seguida. Ele tirou algo do bolso. Uma caixinha. Abriu. Lá dentro tinham três alianças. Isabelle levou as mãos até a boca em choque. Não estava acreditando naquilo. Daniel gargalhou desacreditado. Por que não tinha pensado nisso? Ricardo tirou as alianças da caixa. Colocou a primeira no dedo de Daniel, em seguida no de Isabelle. Daniel pegou a outra aliança, olhou para Isabelle que entendeu o que ele queria fazer. Os dois seguraram a aliança e colocou no dedo de Ricardo.

— Amo vocês — disse Daniel.

Dito isso, os três se abraçaram em perfeita harmonia...

... e viveram felizes para sempre.

Agradecimentos

Editora Skull
2021
Tipografia:
Título: Conrad Veidt/50
Corpo: Candara/11